嬌娃露出狐狸尾巴，鑽在晁大舍馬下躲避，卻被他一箭射死。

晁知縣奉承上司，欺壓部屬。

計氏死不瞑目，托夢給父親。

晁源央求差官解開手枷。

晁源全身發冷，冷過了又發燒，成了瘧疾。

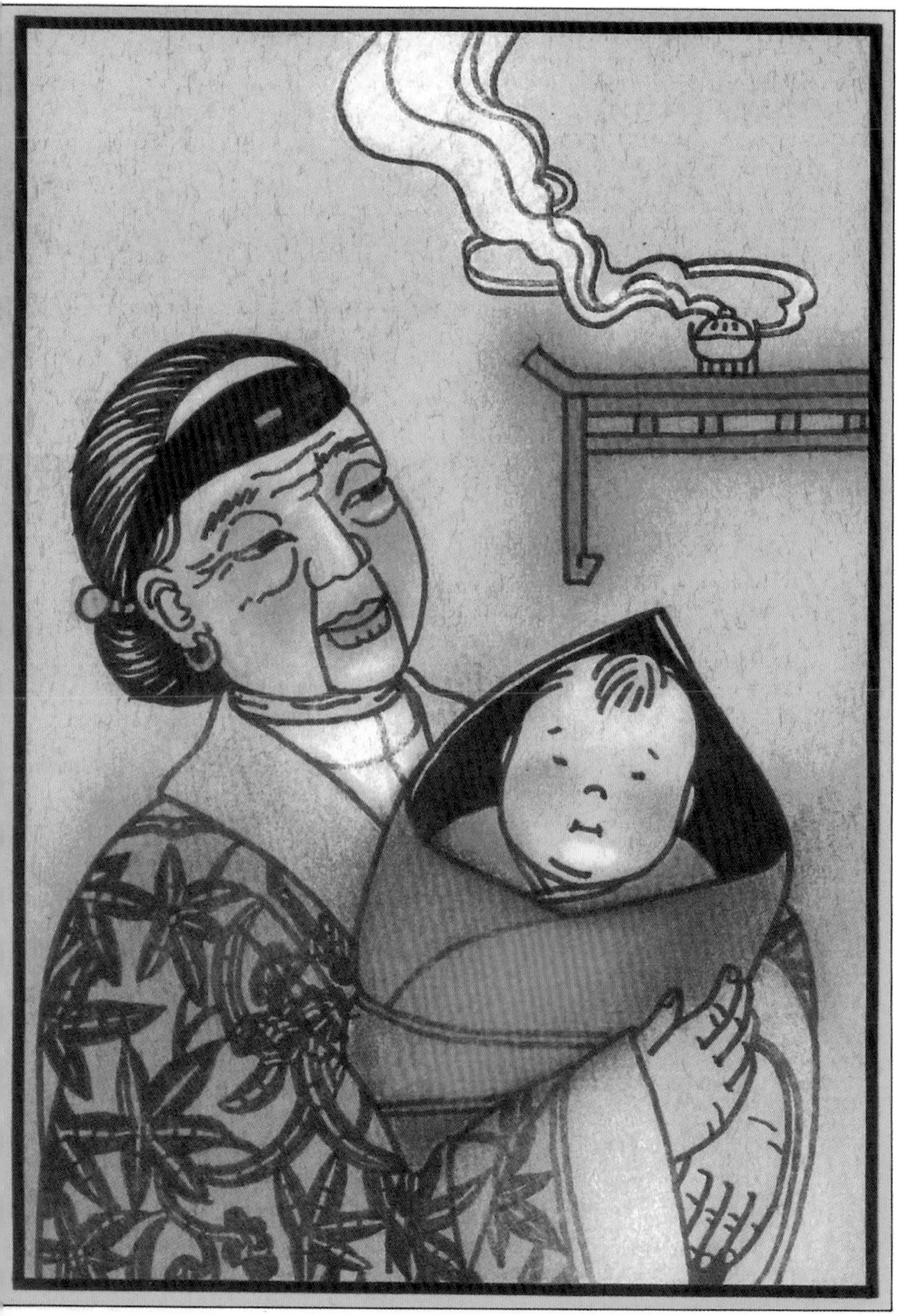

過了小和尚的滿月，老夫人吩咐發麵蒸饃。

真君扮成道士，雲遊到明水，在呂祖廟宿歇，白天就出去化緣。

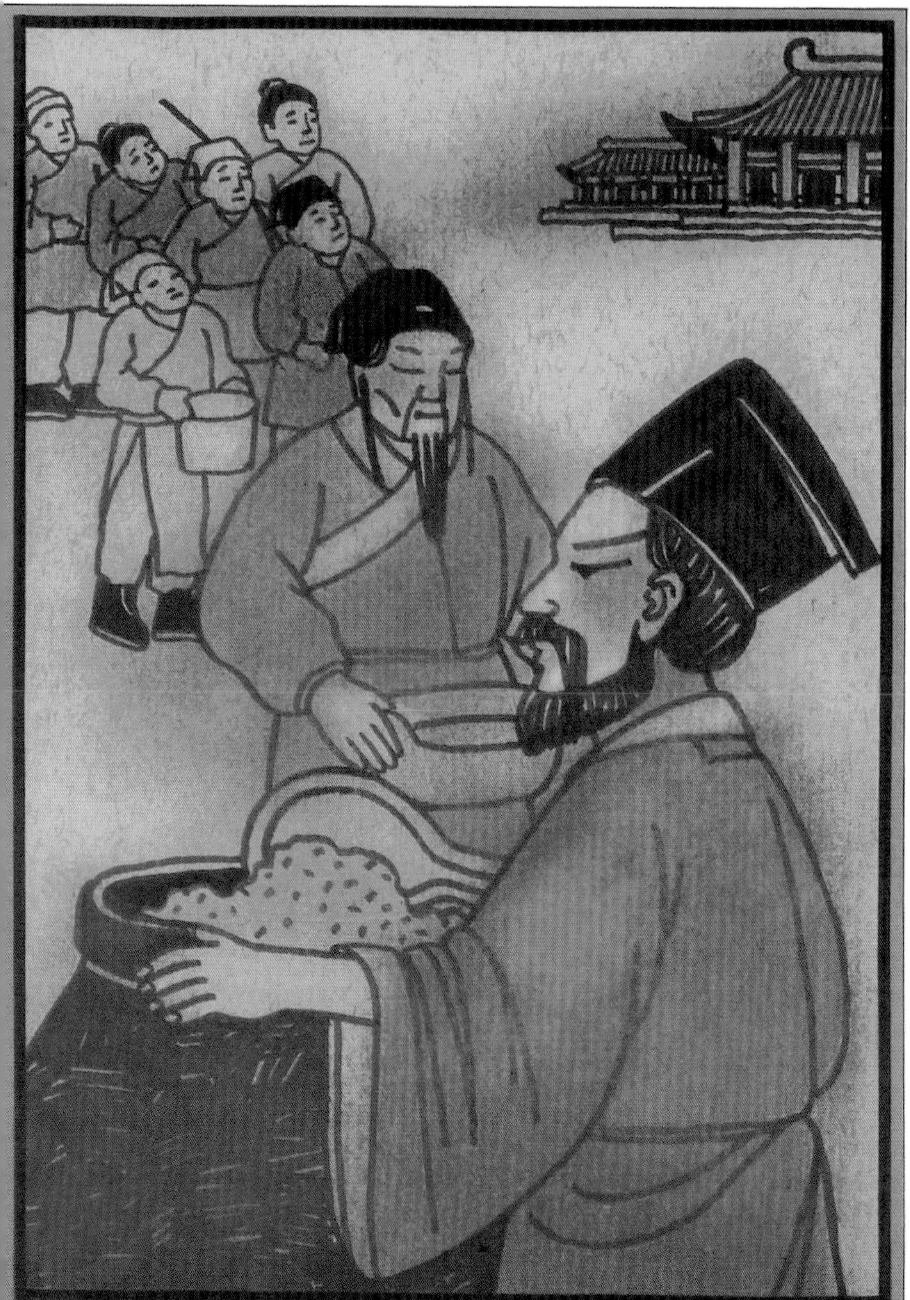

晁老夫人請佣人發放米糧，接濟鄰里鄉親。

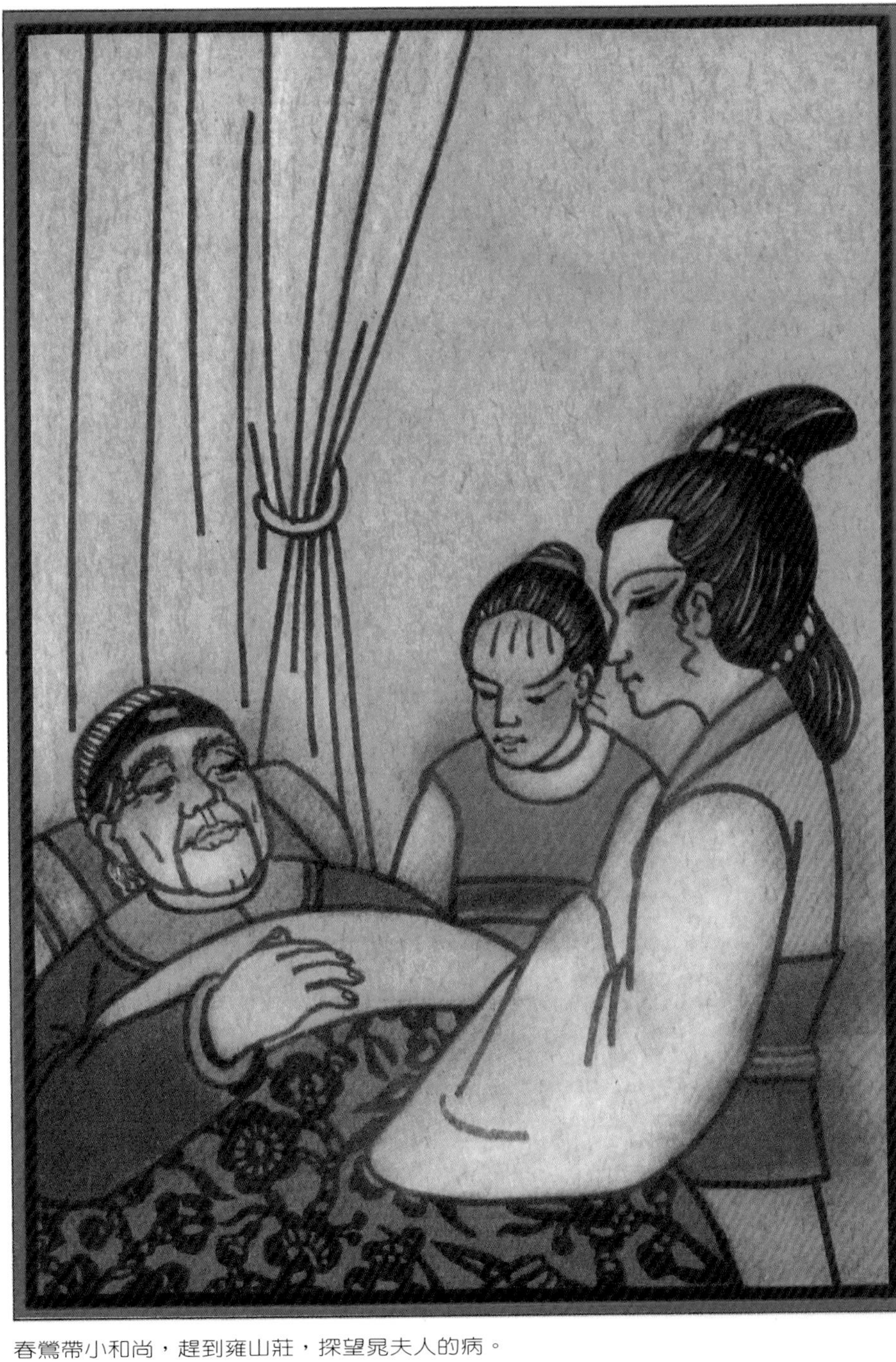

春鶯帶小和尚，趕到雍山莊，探望晁夫人的病。

杞梁的太太生下白胖胖的娃娃，夫妻都很高興。

狄員外叫狄周買菜回來，要試試她做整桌酒席的功夫。

趙杏川是正派醫生，一眼看出是刀傷，也看出讓人用藥動了手腳。

通仙橋是香客必經之路，一些年少光棍，成群打夥，對過往的婦女，口出穢言。

各校尉舉薦一位飽學之士，名叫周希震，做入幕之客。

三更過後，東南上方一陣陣香氣襲來，仙樂揚起，晁夫人閉上眼，坐化而逝。

火希陳因病回鄉，攜帶家眷隨郭總兵乘兩條船。

中國古典名著少年版

④

醒世姻緣

西周生原著

蘇偉貞改寫・吳璧人插畫

導讀

在中國傳統的社會，總是心存家醜不外揚的觀念，即使婚姻不美滿，也不願為外人道。因此在舊小說戲曲中，都是以描寫才子佳人的題材為主，很少提到婚後的家庭生活。《醒世姻緣》就是一部這樣出奇的書，以因果報應的方式，敘述兩世姻緣，所以又名「惡姻緣」。全書共一百回。

作者化名「西周生」，此人到底是誰？到今天還沒有定論。根據胡適等人的考證，此書的內容情節和《聊齋志異》中的〈江城〉、〈邵女〉等篇有許多相同的地方，而且書中多用山東方言土語，寫的大半是山東淄川、章邱一帶風俗習慣，因此西周生是蒲松齡的說法比較可信。

本書雖以明（英宗）正統年間為背景，但是經常有清朝初期的事物躍上紙面，所以它的寫作時間可能是清朝初年。

故事中的晁源，由於射殺狐精，寵愛小妾珍哥，逼死妻子計氏，死後托生為狄希陳，按照作者的安排，「大怨大仇，勢不能報，今世皆配為夫妻」，於是狐精托生為薛素姐，計氏托生為童寄姐，成為狄希陳的妻妾，以報她們的前世冤仇。全書描寫的範圍很廣，反映當時的生活情形。其中不少章節，對於人情世態，有極細緻而風趣的描繪。

目次

目次

目次

目次

引言

孟子認為君子有三樂。

一是父母健在兄弟和睦，二是俯仰無愧，三是得天下英才而育之。

但是以作者的認知，在三樂之前還要加上一件，才能成就圓滿：那就是有一樁美好的姻緣。人世姻緣搭配均勻的不是沒有，不相宜倒有八九！其實夫妻盡是前生前世的事，冥冥中暗中造就。要知因由果報須將故事源源本本從頭說來。

「夫妻本是同林鳥，心變翻為異國人」

請看究柢根源：

第一回　禍起

明朝時候山東武城縣有一位監生叫晁源，他父親是個名士，叫晁思孝，每次參加歲考科考成績都不理想。靠收些學生過日子，三十歲才生了晁源。溺愛獨子。到了晁源十六、七歲，長得相當俊美，卻不喜讀書，性情又少修養。整天跟同班的小朋友鬼混，幸好他家並不富有，多少限制了他的嬉戲遊蕩。

晁思孝連連應考失利，勉強挨上保送上「國子監」就讀。晁思孝不久替晁源娶了一位計姓隱士的女兒完婚。

監生：舊時入國子監肄業的學生。

科考：舊制，各省學政官周歷各府、州，考試欲應鄉試的學生，稱為科考。

歲考：清制，掌州縣的學政官每三年考試學生一次，分列等級，稱為歲考。

自己就上京參加廷試。正好遇上他的老師在禮部當侍郎。對他相當鼓勵。可惜第二年晁思孝又落第。祇好由侍郎替他賣面子，參加禮部的知縣考試，放榜出來考了個第一名。正巧侍郎也調昇吏部尚書，第二年晁秀才毫不費力當上了南直隸華亭縣的知縣。

消息傳到武城縣，窮的來討好處，有錢的來奉承。晁源平日跟人借一、二兩銀子都不可得，現在銀錢自動上門大為快意。不久晁秀才回家，帶著家小等和銀兩上任，其間的奉承舖張自然不在話下了。

晁大舍在華亭衙裡待了半年，覺著無聊帶了計氏和巨款轉回老家。原來那班朋友他也看不上了，又買了姬尚書家大宅，越發侯門深似海，怎許故人敲？看不起原先的朋友倒也罷了，對妻子計氏更不順眼。計氏原來恃

國子監：古時候的最高學府。

廷試：清代新科進士在引見前舉行的考試。

禮部：舊官署名，負責禮儀及學校教育、考試等事。

侍郎：宮廷的近侍，與尚書同為各衙門的長官。

知縣：明、清兩代，一縣的長官。

吏部：舊官署名。掌管官員的銓敘、勳階等事。

尚書：古時官名，在殿中主管文書。

侯門：顯貴的家庭。

扶正：舊稱妻為正室，妾為側室，妻死後以妾作妻。

打圍：打獵。獵時合圍，故曰打圍。

寵作驕，現在兩相對打，最後演變成挨罵挨打的份兒了。

晁大舍心更野了，收丫頭納妾，又一個個的拋棄。獨好一個做戲子的妓女小珍哥。晁大舍許了將來扶正小珍哥先行納妾，更不理會計氏了。逼得計氏伸手向小珍哥討家用。晁大舍自己倒十分逸樂。十一月初六冬至那天，備了酒席，狐群狗黨在一塊胡鬧，約定十五那天去打獵。

那天打圍收穫不錯，大家情緒高漲，卻不知獵場所在的雍山洞裡住了一隻雌狐，已能幻化迷人。這天正好遇上，她久有迷戀晁大舍的心思，良機難再，於是化為著了孝服的妙年美女，走在晁大舍的馬前，不時回眸示媚，逗得晁大舍魂不守舍。正想有所行動，打獵隊伍裡的鷹犬發現了嬌娃的本相，逼她現了原形，露出了狐狸尾巴。鑽在晁大舍馬下躲避，希望晁大舍救他性命，殊不知晁大舍好殺生害命，搭上弓箭照馬下狐精所在對準一箭射去，嗥的一聲，那狐四腳蹬空，千年妖畜可憐頓時喪命！

一行凱旋回到晁家住宅，珍哥隨行一日進內宅暫歇，大家吃完酒分完獵物各自散了。狐精讓給晁大舍收下。他送完客跨進大門，好像被人劈面一巴掌，全身打個冷戰，不以為意，上床睡了，當夜倒楣的事就發生了……

嗥：音ㄏㄠˊ，野獸吼叫聲。

第二回　傷狐致病

晁大舍把獵物交給家裡的傭人，支撐著回珍哥房裡睡了，那裡睡得安穩，渾身滾燙，口苦頭痛，燒得直咿嗚，珍哥慌了，派人去請計氏。

僕婦敲門緊急，告訴計氏說明了病情，要她去看守。計氏說：「他跟我不相干，打獵不讓我去，病了倒來找我？白天還兇神惡煞似的跟老婆騎在馬上，那病得這麼快？這是那忘八和淫婦不知定下什麼計策，哄我去想害我！告訴他們，他不認我，我也沒了丈夫！真病也好假

忘八：妓院裡的男性執役人員。

病也好，半夜三更我不會去，要修理我還有明天，好了不用說，死了的話自然有他爹媽跟淫婦算帳，我也是不管他的！」

僕婦回去照實說了，珍哥雖然嘴硬心裡難免害怕。

晁大舍病情更重，不等天亮就差了家僮去請楊太醫來診斷。楊太醫是個蒙古醫生，行為也不端正，心性更是執拗，喜歡搬弄人家私事，大夥都躲他，祇有晁大舍跟他臭味相投，請他看病。楊太醫在珍哥從良之前也是入幕之賓，一路上並不揣摩病情，祇是在動珍哥的歪腦筋。

進了晁家，晁大舍的幾位朋友也聞訊而來，一起到了晁大舍的榻前。楊太醫本來就認定珍哥在床第間佔了晁大舍的便宜，把脈的時候根本不按醫理，就說：「不是外傷，純屬內傷！」讓家僮晁住跟他去抓藥。

蒙古醫生：醫術甚差可能誤診的大夫。

入幕之賓：比喻親密的客人。

揣摩：探求、忖度。

晁住取藥回來，珍哥問：「楊太醫說什麼沒有？」晁住說：「你跟你姨說，差不多就行了，不要把他身體弄虧了！」珍哥微笑著說：「大嘴巴！」

一方面歪打正著一方面楊太醫走運，藥吃下去晁大舍就安穩的睡了，半夜裡退了燒，第二天一下也就清醒了。

珍哥抓住機會把前情說了：請計氏怎麼不來，楊太醫怎麼看病……又擠了兩滴眼淚說：「老天可憐我，讓你好了，要有個三長兩短，我祇好先你而死，要不你老婆還不知道怎麼收拾我吶！」晁大舍忙著解釋，才止住珍哥撒嬌，才又派晁住去請楊太醫。

晁住把珍哥的笑罵說了，兩人調笑著到了晁家，楊太醫楊古月好一番吹嘘：「再服一帖藥，包你全好！」

楊古月告辭之後，經過東裡間窗前，珍哥把窗紙挖個小洞，看楊古月到了眼前，不重不輕的提著他的小名說：「小呆瓜，大嘴巴！」楊古月忍笑低頭咳嗽一聲揚長而去。

晁大舍將息整整一個月才輕飄飄的起了床，叩頭拜拜還了願，跑到計氏門外說：「姓計的，我病了謝謝你來看我，好歹我可以起來了，特別來謝謝你！」計氏隔著門說：「你以為你是誰？我去看你，該謝誰謝誰去吧！」

說著也就該準備過年了，好好的拜神祭祖……

第三回　一意投親

到了除夕收拾好新衣，晁大舍摟著珍哥睡了，只見一位七八十歲的白鬍子老頭兒說：「源兒！我是你的公公，你聽我說話！你爹爹給你掙了這份家業，你該安份過日子，偶爾調劑也沒關係，帶著女人去打獵，不過鄰居笑你，雍山洞裡那個狐姬，修煉了一千多年，你見了他就不該起邪心。他指望你救他你卻殺他。殺了他還剝了他的皮，讓下人拿去硝熟。所以，你送客劈面打你的是他，硝皮的下人挨打也是他。還好你們父子正在興旺

硝熟：用硝塗製皮革，使皮柔軟。

的時候，門神、宅神都不放行，暫時奈何你不得，等你運氣差的時候，跟你一塊兒的一齊抵命。不過你的妻子計氏，前世你是他的妻子，你待他不好，所以轉世來報。你前世難為他，他卻不曾難為你，他今世難為你，你卻更難為他，只怕冤冤相報沒完沒了！如果你逼死計氏，你更難收拾了。你聽公公的話，明天千萬不要出門，在家裡躲兩個月，然後往北去跟你爹爹，也許躲過這場災禍。臨去北京把莊上那本硃砂印的梵文金剛經帶在身邊，你媳婦計氏三世前跟他有舊，所以整個宅院才沒有失火。證明狐姬還是怕金剛經的！」臨走在珍哥頭上拍了一下說：「你是那來的淫妖，教我子孫家破人亡！」

晁大舍跟珍哥都驚醒了。珍哥左邊太陽穴痛得要命，大舍心想，不出門悶得慌，要不一班朋友也會來家，又

硃砂印：用鮮紅的礦物質顏料做的印色。

淫妖：行為放蕩的婦人。

怎麼應付？還是決定出門。

晁大舍還沒上馬就讓一股勁給摔得鼻青臉腫，昏了半天才抬回宅裡跟頭痛的珍哥分兩張床並排躺下。才知道狐精報仇是真的。

初二那天請來了楊古月，著實被調笑了一番，又乘兩人病中調戲了珍哥。才帶著家人晁奉山去取藥。

晁奉山的太太奉命到晁太公神主面前求情，珍哥的頭痛才漸漸好了。晁大舍卻愈來腫得愈厲害，又請楊古月來看，楊古月這位太醫還是改不了老毛病，吃完珍哥豆腐走了，晁大舍心知肚明，卻也不在乎。珍哥怕了，到晁太公神主面前叩頭，晁太公顯靈，結結實實的嚇了個夠。

回過頭來說計氏，大過年裡，沒吃沒喝，她的傭人

神主：死人的牌位。

們又冷言冷語嘲諷有加，計氏愈想愈傷心，哭爺爺告奶奶好好熱鬧了一番，珍哥也不是省油的燈，爭風吃醋，比那計氏更熱鬧。可苦了晁大舍，直跟珍哥賠不是，好容易靜下來，和衣上炕睡了。

晁大舍剛剛睡去，初一夢中的老頭兒又來了：「晁源孫兒，不聽老人言，吃虧在眼前，我讓你不要出門，你偏不聽，不是我護著你，你早摔死了，雖然你命不該絕也有一年半載的罪受。你的仇人盯得緊，你家裡的妖貨又作孽，計氏又起了惡念，你趕快往北去投奔你父母，明天我有事要走了，誰救你？走的時候千萬帶著那本金剛經！」說完又掄起拐杖要打珍哥，為了孫兒，還是作罷。

晁大舍跟珍哥雙雙嚇醒，互相說了夢中的事。

晁大舍說：「公公兩次託夢，記憶猶新，也都驗證，

不是省油的燈：喻不是好惹之輩。

和衣：未更衣。

炕：北方人的床，用甎砌成，當中是空的，冬天可以燒火取暖，叫做「炕」。

妖貨：女子以色媚人。

作孽：自找的災禍。

掄起：用手旋動。

託夢：在夢中鬼神把事情告訴人。

如果不聽從，鐵定倒楣，我們還是趕快收拾上路，祇是父母都在華亭，公公總說往北去這我就不懂了。從明天起我不外出，帶著金剛經，打點行李，我們往南投奔……」

第四回　邪性自誤

走方郎中童定宇，讓晁大舍的好友禹明吾引介而來投帖相拜，送了四封禮物，包含春藥在內，晁大舍特地留了酒飯，童定宇一面自我吹噓，一面刻意奉承，樂得晁大舍什麼也似。

等客人走了，珍哥問說：「相命的準不準？」晁大舍調笑她說：「他沒替我算，祇說你今晚夠受的！」說著溜到後面，照方服了春藥，那夜枕邊的事就不必說了。

童山人告辭的時候，晁大舍封了厚禮，童山人又送

走方郎中：四處走動為人治病的醫生。
投帖：以帖締交，誠心歸附。
春藥：助長男女性慾的藥。
山人：隱居的人。

了一批春藥，禹明吾覺得很有面子，皆大歡喜。

晁大舍積極的收拾東西，預約了騾車，訂二月初十動身。初二吉辰到雍山莊迎取金剛經進城。不料到了初四飯後雍山莊的莊戶來報，整個莊子夷為平地，那火也不燒別家，晁大舍知道是狐姬報仇，跟珍哥都心裡怕怕。

到了初六，珍哥腰肚酸痛，初七黎明時分，小產一個女嬰，知道是春藥惹的禍，急忙請楊太醫來看病。楊太醫十分蒙古，小產是生死大事，他卻認為，小產不過是氣血虛而已，何況自己運氣特佳，就用了十全大補湯外加人參。誰知這回失靈，珍哥頭疼肚熱，腹脹如鼓，氣喘如牛，晁大舍慌了手腳，求神問卜，算命許願，廟裡念經，還好禹明吾得知說：「楊古月不通婦科，南關蕭北川才是泰斗！」急忙差了李成名去請。

小產：女人懷孕還未足月而流產。

泰斗：比喻此中高手，為學問高深值得大眾景仰的人。

這位蕭北川醫術了得，活人無算，就是好酒。到了病人家裡先喝酒不把脈，把脈診斷之後又喝，不去抓藥。沒有病人上門他就自斟自酌，喝到見周公為止。

李成名到了門上，央求蕭家丫頭，蕭的太太怎麼樣也弄不醒蕭北川，先回了話再來等，蕭家太太過意不去，留了酒飯，他和衣打盹，等到五更天才接到蕭北川上路。

蕭北川要管家李成名先熱酒等著，開了藥箱取藥，立刻乘熱服用。蕭北川說：「包管我酒喝一半，她就好了一半！」那邊忙著服藥，這邊自顧自的喝酒。蕭北川嘴裡含著酒問：「管家，到後面問問，吃了藥，打嗝放屁就算好了一半！」一問果然。蕭北川開了藥箱又拿了一個藥丸說：「拿去用黃酒化開，用黑砂糖和著吃了，我喝著酒聽消息！」於是，又照方服了。一會兒管家來

五更天：打第五次更的時候，就是夜間四點鐘的時候。

報說下體出了髒血，蕭北川說：「紫血之後還有紅血，馬桶伺候！」果然排出四五升，扶珍哥上了床昏沉一會就要找粥吃了。

到了這時候，晁大舍才回過魂來，陪蕭北川喝了好幾大盃酒，千謝萬謝才派李成名送回去。

蕭北川在馬上調侃說：「那春藥值八百兩，好歹我折半也該四百兩！」李成名說：「八百兩，八千兩也應該！」

蕭北川說：「今天收的禮夠了，你們家酒好，拿一大瓶給我吧！」

第五回　以賄升官

珍哥的症狀雖然消失了，但縱慾的人仍然虛弱。初十早晨預訂的二十四頭騾子來了，卻不敢動身，要毀約，吵吵嚷嚷，幸得禹明吾排解才算平息。短時間走不成了。

晁知縣在華亭縣又如何呢？原來晁知縣到全部精神都放在當官的同鄉身上，又使勁兒的伺候上司，對待他的部屬百姓就當仇人。用臭包打通關節，年年考績都是甲等。

九月裡一個蘇州戲班子，拿著當官同鄉的介紹信來求助。晁知縣安頓他們的吃住，又替戲班子拉關係，連唱了半個月才唱完，賺了二千多兩銀子。戲班子上上下下謝了又謝。班子裡有兩個戲子胡旦和梁生。這兩人聽說晁知縣到了升遷的時候，都願意幫忙打點，兩個戲子能幹什麼正事？原來胡旦的外公，梁生的娘舅都是錦衣衛都指揮，在司禮監太監王振面前很吃得開。

晁知縣說：「官很難做，在兵部常有犯邊的；刑部訴訟特多；戶工兩部婆婆太多，都難做，都難做，看來還是轉個知州，凡事由自己作主。」

梁生說：「不知您要作哪兒的知州？」晁知縣說：「離北方太遠總不相宜，北直當然不錯，最好還是北通州，離北京不遠，有河路通山東，又算京官，這最好了。」

梁生說：「北京中當道的，我服侍中意的不少，就是吏

娘舅：太太的兄長。

錦衣衛：明代的禁衛軍，專管巡察緝捕之事。

都指揮：職典親軍，兼管巡察緝捕。

司禮監：簡稱司禮，由宦官擔任官職，負責宮廷禮節，內外奏章。

兵部：舊時六部之一，主管中央及地方武官的選用、考查，以及有關兵籍、軍械、軍令等事。

犯邊：侵犯邊域。

刑部：舊官制六部之

一，主管法律刑罰的政令。
戶工兩部：分別為舊時的財政部及負責掌管營造工程的部門。
知州：明、清兩代，一州的長官。
掮客：代人買賣東西的中間人。

部的司官老爺，我們也有熟的，祇要您肯，派兩個心腹跟我去，我自會打點，如何打點，您就別管了，祇等明年二月聽候好消息。」

十二月十六日吉時，由胡旦領著家人晁書晁鳳，帶著一千兩銀子，二百兩盤費，風餐雨宿走了二十八天進京。

晁書、晁鳳以為胡旦的外公，不過是在北京做個掮客，不過是一般家庭，等到見了房舍的陣勢，僕從如雲，才知道錦衣衛都督排場不小。等胡旦帶著梁生給母舅的家書，到了劉府，又是一個蘇府的氣勢。

這劉、蘇兩家說得上是可攖之家，攖一兩年也不妨。劉蘇兩錦衣，得知胡旦所請，按行情要五千兩，看在身為外公、舅舅的份兒上，自然要盡力。決定在十三那天王振生日再作打算。

十三那天蘇劉兩位錦衣，約好了去王府上壽，一個羊脂玉盆，盆內一株蒼古小桃樹，紅花全是寶石粧的。劉錦衣的玉盆一樹梅花卻是大胡珠粧的。王振大喜。蘇劉兩錦衣熬到第二天才把事情辦妥。

晁書晁鳳得知喜不自勝，帶了劉錦衣回梁生的信，回晁知縣那兒回稟。

通州這個要職在特權行使下，真讓晁知縣得著了。

第六回　赴京納粟

二月十九日白衣菩薩生日，珍哥調養得好些了，正預備到廟裡去燒香，報喜的來了七八個說：「老爺陞了北通州知州。」免不了打發賞錢擺酒款待。

晁知縣雇了兩隻官座船，四月初一離任，華亭的百姓恨之如蛇蝎，幾經商量，擔心別人批評當地風俗不厚，於是也有合資做法事的，也有三牲擺案還願的，也有唸經的，不過邊唸邊罵就是了。

五月端五到了濟寧，一方面差人回家報信，購買送

蛇蝎：比喻狠毒的人或可怖的事。

法事：佛教稱供佛、施僧、誦經、講說、修行等事為法事，又稱佛事。

三牲：牛、羊、豬合稱「三牲」。豬、雞、魚，也稱「三牲」。

曠日廢時：耗費時日。

禮的胭脂，這晚，晁大尹剛睡，晁公公託夢說了晁源殺狐的事，要晁大尹帶兒子上任，藉帝都氣勢不讓狐姬近身，晁大尹寫信要晁源攜眷隨行，不在故鄉停留，免得曠日廢時。晁大舍拋棄了計氏，用八百兩銀子換了珍哥，原是瞞著父母的，這該如何是好？

晁大舍帶著金剛經，沿河迎上晁大尹，說計氏小產了，等將息好了隨後就到通州，也好順便謀個一官半職。

晁大舍回到家中對珍哥說：「爹爹知道娶你過門十分高興，本來要你馬上搭船同行，我怕你身體吃不消，等你好全了，我們立刻上路。」躲過了，晁大舍帶了一家子北上。一時之間還不敢讓珍哥現形，就在沙窩門租了房子安頓，自己到任所去，騙父母說計氏小產還沒好，怕雙親想念，所以一個人先到通州來了。他母親埋怨了半天，晁大舍支支吾吾混了過去。

過了七月廿四，晁大舍借城隍廟集為由，溜回沙窩門，跟珍哥說：「衙門裡窄得轉不過身，規矩又大，幸好我有先見之明」。哄過了珍哥。

不久，晁大尹耍了花招，送了銀兩也在國子監裡補上了名字。假託坐監為名，花通州的錢住在北京裡浪蕩，跟些私娼鬼混，也不回珍哥那兒，說是要宿監，他在外面宿監，珍哥在家也宿監。

過了十二月二十晁大尹派人來說：「就是小學生上學，也該放學了，年節到了還在京裡幹什麼？」晁大舍說：「回去稟告老爺，我趕了廟集就回去！」

那天廟集上有兩件活寶，大家圍著看就是出不起價錢，一隻紅毛會念經的貓，功能避邪。狐狸精都怕，討

廟集：廟會市場，利用廟宇前空地，舉行一種定期性的集市。

私娼：未經政府許可的娼妓。

價還價，五十兩銀子買下。又遇見賣鷯哥的，晁大舍本來不想，那販子說：「大爺走了，不買你，只等餓死好了。」那鷯哥說：「爺不買，誰人買？」花了十五兩銀子買了。

回到珍哥處，才知道那貓是染的色，念經不過是打呼嚕，那鷯哥也衹反來覆去說：「爺不買，誰人買？」珍哥無奈氣不過說：「好鷯哥，真會說話！」

第七回　棄親避難

晁老指望晁大舍趕了二十五廟集，二十六就可以回到通州，到了二十七還不見人影，擔心兒子讓人給詆詐了，晁夫人才說出她聽了不少風言風語，知道晁大舍納了個戲子，在京裡住著。晁老夫人怕媳婦計氏抗議，沒表示意見，晁老卻主張讓大舍跟珍哥搬進衙門同住。於是差晁鳳帶了親筆信和百兩銀子去接。晁大舍讀了信，信中親情深厚，自己還真過意不去，珍哥雖然不情願，也敢怒不敢言。

詆詐：用威嚇的手段騙人財物。

第二天二十九，兩乘大轎，許多騾馬，到了通州進了衙門，行了見面禮，老晁夫婦一見這位混身上下抖抖顫顫的珍哥，就高興不起來，珍哥不討兩老喜歡，自覺沒趣。

次年正月初二，晁大舍進京，回到國子監銷假上班，向蘇錦衣、劉錦衣拜節，那時梁生、胡旦也都有了前程，在部會裡當差。晁大舍熱鬧慣了，仍然勾搭過日子。

到了二月底，邊界上的情況一天天的緊張，調兵遣將，徵用軍需，城裡戒嚴。御駕親征的謠言四起，弄得人心惶惶，晁大舍沒見過世面，也不知忠孝何物，由京奔回通州，打定主意要棄了爹娘，捲了銀兩，帶了珍哥回去。晁老一聽，顧不得做官，想要告假，甚至棄官逃回。

晁老跟他的參謀邢皋門商議，邢參謀觀察天象認為

拜節：這裡指的是賀新年。

御駕親征：皇帝親自帶領人馬出兵征討。

通州安如磐石，何必打報告告假連人品都丟了，堅持反對。

晁老聽不進去，讓晁大舍寫了簽呈，瞞著邢參謀報了出去。不久各級的批示都下來了，紮紮實實的申飭了一頓。職司監察的單位下了正式公文警告，嚇得晁知州如同潑了一盆冰水，心裡頭更是七上八下，不敢再提請長假了。

不如意事十常八九，福無雙至，禍不單行。晁老正跟晁大舍收拾行李，預備三月十六帶珍哥由旱路回去，華亭縣舊屬的家屬，宋庫吏的弟弟宋其仁，曹快手的兒子曹希建雙雙趕來，稟報說，庫吏宋其禮，快手曹一佳，內書房孫商，晁管家都挨告了。晁老詢及那些受過他好處的鄉宦、秀才，可有人出面說句公道話？那裡有，避之唯恐不及吶。晁知州雪上加霜，十分憂慮。大舍說：

簽呈：用書面對長官有所陳述。

庫吏：管理倉庫的官員。

快手：官署的差役。

內書房：此指師爺。

「天塌下來還有高個子頂著，這事不難，爹你放心，讓我來辦好了。」

晁大舍差了晁住，騎了騾子趕往京城，請胡旦、梁生來共商大計。

第八回　狐媚非福

晁住陪著梁生、胡旦回來，三個人都一身破爛，十分狼狽。原來王振鼓動御駕親征，到了土木起方，萬箭齊發王振、蘇、劉二錦衣都在內，所以才躲躲閃閃的到了通州，談到華亭的事，梁生說：「這個不難，翰林徐鞓是現在最紅的高官，也是胡旦的好友，請他寫封信，備禮相求，包管沒事。」晁大舍依言行事，果然順利。

十五那天為晁大舍送行，晁大舍帶了不少黑錢回去。暗中置產。老夫人放心不下，把晁住夫婦叫到後面吩咐：

翰林：官名，專掌文學的官職。

黑錢：來路不明的錢財。

撒起潑來：耍賴要脅人以遂其心願。

「你們回去見到了大孃，就說是我的囑咐，當初就該自己拿定主意，如今生米成飯，祇好大量一點。等我回去，自然有所處置，你們兩個也不必多嘴亂說！」另外把銀兩、珠寶、金葉子也都交代清楚了。晁住一一收下。

第二天一早，晁大舍跟珍哥帶著隨從男女，得意的撇下晁老夫婦，坐著轎子回揚州去了。暮春天氣旅途順暢，走了七百多里到了德州，下起雨來，祇得住了店。晁住的老婆原就長舌，雨天嫌悶，就把晁老夫人的話加油添醋的學給珍哥聽了。這珍哥量小，散了頭髮呼天搶地滿地亂滾撒起潑來，住店的，做買賣的，客棧的左鄰右舍都看了熱鬧，聽了好戲。直鬧到半夜，第二天雨停了，她一路嘮叨到家。晁住見了計氏，交付了賞賜。誰知第二天珍哥又向晁住討回東西，聽說已經送給了計氏。

想起晁老夫婦並不看重她，又鬧了起來。晁大舍說：「計家父子不好惹，我娘慈眉善目，弄火了也有些手段的！」看他態度強硬，珍哥才老實了。卻心有不甘，暗中找機會，兜著豆子找鍋炒吶！

這天晁大舍正在涼亭裡午睡，忽然聽見珍哥嚷嚷：「什麼大戶人家？大白天正中午，屋裡頭跑出來道士和尚，我再沒出息，偷人養漢也不養這類東西！」急忙趕到現場，又讓珍哥千年忘八萬年龜的指著鼻子罵了一頓。晁大舍請了計氏的父親跟哥哥來，說：「要不打官司，要不你們領計氏回去！」等於把計氏給休了，硬要離婚。他的舅子說：「這些人跟官府是勾結著的，打官司我們輸定了，寫了休書，我們帶妹子回家就是了，不少這碗飯吃！」計家父子把這邊的情形說給計氏聽了，差點沒

偷人養漢：暗中與別的男人有私。

休：俗稱丈夫跟妻子離婚叫「休妻」。

休書：和妻子離婚的文件。

匕首：短劍。

把他給氣暈過去。散了頭髮，提著匕首，在院子裡細說從前，大鬧起來，還要往街上跑，那些看熱鬧的不計其數。計氏父子，晁大舍珍哥都不勸，還是禹明吾央求鄰居高四嫂，連哄帶騙把計氏哄進屋去。

想來不會善罷甘休的。

第九回　原妻冤死

計氏撒潑的時候，道士海會和郭尼姑正在對門禹明吾家吃午飯。晁大舍自己心裡也明白是小珍哥捕風捉影故弄玄虛。不過想借機把計氏休了，沒想到計氏父子如此強硬，這回踢了鐵板。老計父子倆傳話：「休書寫好沒有？我要領女兒回家。」晁大舍推託說自己氣病了，等好了再說，老計說：「不早早了斷，恐怕就不是和尚道士的事兒，忘八戲子都要來。」

計氏把珠子、金子、銀子、首飾都交給父親先帶回

捕風捉影：喻虛空不實或無事生非。
故弄玄虛：故意虛張聲勢。

去，又要嫂子替她做棉襖。說好六月初八送來，順便搬走所有東西。計氏父子走了之後，計氏收收拾拾跟真的一樣，該送給送了。該收的給收了。燒飯的柴火沒來折了轎子。

到了六月初八晌午，老計父子依約而至，衣服也做好了，計氏推說東西還沒有收好，約定差人傳話再來相接。老計怕她尋短，再三勸慰才告別。

當天夜晚晁大舍跟珍哥在枕頭上閒話：「他走了以後，房子租出去一個月最少有三四兩收入，又沒人攪和。」

計氏沐浴更衣，口含金銀，在晁大舍中門用一條紅鸞帶結束了自己。天明丫頭撞見，急忙報告了。

計老一夜不寐，天將破曉方才合眼，卻見計氏來說：「爹，我死了！你別饒了那淫婦！」嚇得一身冷汗醒了，

晌午：正午。

尋短：尋求解脫，企圖自盡。

攪和：攪亂，使之纏夾不清。

他兒子也做了同樣的夢，正商量著，晁家的家人來報告，兩人飛快趕到，計氏還掛在門楣上。原來晁大舍怕計家人說他謀殺，保持了現場。

那計家也曾經體面過，現在敗落了，家裡也有兩百男男女女，珍哥躲了起來，也就把晁大舍毒打了一頓，搗毀的傢俬更不必說了。更逼著晁大舍立了文書，大意是說明計氏的冤屈，計氏父子不再告官上法院，喪葬從優等。

老計跟族人商議告狀，雖然眾說紛紜，還是一狀告到縣裡。狀子裡說的還是晁大舍嫌棄糟糠另娶戲子為妾，將計氏冷房，偽言私通道士和尚，因而委屈吊死，死得無辜等等，也遞到武城縣。

晁大舍雖然有錢有勢，平日交往的也都是些暴發戶

門楣：門上的橫梁。

傢俬：家中日用的一切器具。

糟糠：貧賤時候的妻。

抓瞎：慌亂為事。

之流，親朋之中多半受不了他們父子的刻薄傲慢，所以很孤立。計老頭家多少還有體面的親朋，計氏入殮，不請自來的就有兩百多人，可見一斑。晁大舍難免抓瞎。可是俗話說：「天大的官司倒將來，使那天大的銀子抵將去，怕天甚麼？」

第十回　恃富為惡

計老有位長輩計三，平日就貪財，晁大舍派人送廿兩銀子，請計三說和，誰知計三一口回絕。晁大舍一面急報晁老求援，一方面宴請伍小川、邵次湖這些差官和他們的部下，暗中又送了銀兩。臨別又帶了七百兩銀子去打點上司。伍小川寫了簽呈，在日期的地方寫上「五百」兩字，這是有五百兩銀子好處的暗號。上司要是同意就用紅筆把五百兩字以日期遮蓋。五百兩是准了，卻多要了六十兩金葉子，祇得到錢莊、當舖買齊。所以晁大舍等一干被告，進了衙門彷彿做客似的，打扇、送茶、上水果。

高四嫂頭一個作證，把整個勸慰的經過說了，繪聲繪影，倒是十分詳盡。

縣尹當庭驗明郭姑子是女身。責備說：「不好好待在廟裡，四出串門，弄得家破人亡，各罰二十石穀子。」道士姑士大呼無錢，縣尹認為可以化緣籌得，二人依言照辦。

大尹責備晁源，既是宦家子弟，又是監生，娶了娼妓，害得計氏上吊，簡直應該償命，晁源回口說，計氏是整個縣城裡最惡劣的媳婦，加上岳父和舅子的鼓動，弄得家無寧日。縣尹說，計氏容忍你娶個娼妓，你還要如何？罰一百兩銀子修理文廟，珍哥免她出庭，罰三十兩銀子救災。又把晁家的丫頭等判個見死不救的罪名，罰銀五兩。

至於計都、計巴拉父子，縣尹說他們乘機詐財。計老說：「女兒嫁了，圖個安身立命所在，夫妻和睦，翁姑高興，我現在雖不得意，也是官宦之家的兒子，絕不會挑撥。納妾也屬平常事，卻不應該大小易位，我女兒大過年裡連餃子皮也沒一張，這且不說，還誣陷她偷人養漢，良家婦女碰到這種事，難道不是舌劍殺人？」縣尹問：「你說吃喝全無，這些年她是怎麼活過來的？」老計說：「陪嫁也有六百兩銀子，因為她沒有母親，又特別賠了一頃地，計氏穿的是嫁衣，吃的就是這些田。晁老進京廷試，賣了二十畝。」

縣尹判了罰銀六十兩，那計老說，剮了肉也沒八十

剮：刮去骨頭上的肉。

兩。縣尹說，讓晁源歸還剩餘的八十畝地。

宣判完了，高興的高興，咒罵的咒罵，也就散了。

晁源自從結了案，氣燄又高了起來，到禹明吾家接回珍哥。商量到秋收之後才為計氏出殯。

隔了兩天，差人到了晁家，晁源千謝萬謝，好生款待，差人問起那八十畝地，晁源說：「地是要還，不過還早得很吶，他得了地，賣一半留一半，便宜了他！你們沒事就去催繳，我好好熬他個十個月一年。」

約定了十一日那天去繳罰銀也就各自道別。

做人做事都該留個餘地，窮寇莫追確有至理。所以俗話也說：人急懸樑，狗急跳牆。

他們要逼計家父子，趕盡殺絕，是福是禍還真難說。

第十一回　惡有惡報

珍哥在禹明吾家躲了一個多月，官司也打勝了，計氏也死了，她倒成了沒蜂王的蜜蜂，吵吵嚷嚷，打雞罵狗，罵別人妻小，打自己丫頭，要燒香就燒香，想遊湖就遊湖，晁源一籌莫展，連她跟老鴇子來往也只好由她。

孔舉人也是晁家的親戚，家裡有了喪事，計氏過世原來也不必女眷參加祭吊，誰知珍哥有了珠寶首飾，錦衣綉服，沒法展現，就帶著跟班、丫頭大轎子抬著去了。

孔舉人的太太一見是她，十分冷淡，在禮節上也明擺著

老鴇子：管制妓女賣淫的婦人。

敷衍，別的女眷來，跟待她完全不同，氣得她一肚子悶火沒處發。李成名的太太叫她一聲「珍姨！」珍哥借題發揮，真姨，假姨開始，直罵到祖宗八代，又罵計氏的棺木，晁源勸勸，她要劈了棺材，把骨殖燒成灰撒了。

正罵得起勁兒，卻突然改了聲音，死命自己打自己的嘴巴，撏自己的頭髮，脫了自己的衣裳。一家人知道是計氏附體，把晁源嚇癱了，衹得跪地求饒，計氏借珍哥之口著實訓了他們一頓，從此也不敢整計氏父子，燒香進貢老實起來。等珍哥住口，一頭栽倒，臉也腫了，渾身都疼不可當，照照鏡子把自己嚇一大跳。

伍小川，邵次湖拿了好處，有空就去逼那計氏父子，說起還地的事，兩個惡差說：「縣太爺判的是還地，並不包含青苗地上物在內，等秋收後才能還地！但是就剩你們罰款未繳！」好好凌辱一番，又襪桶裡拿出其他人的罰款收據，責怪他們耽誤了結案。伍小川放回收據的時候，卻掉在地上了。計巴拉假意整裙，拾起收據。等兩人走了，計巴拉一看，原來除了收據，還有拘票，辦案簽呈，那換金葉子的那張也在內，共有一百多張，怕他們來搜，於是抬起床頭，掀開地磚藏好，以免去而復返的差人得逞。

卻見伍小川、邵次湖帶著一批女眷，十萬火急的趕來，裡裡外外翻遍，男男女女全部徹底搜身，可惜無功而退，計巴拉聲言要告上一狀，差人自知理虧，訕訕去了。從此不再作威作福。計巴拉到縣衙裡打聽，一位遠親告訴他：「本來在審案的時候，縣尹拿了晁源的好處，少說也有二十五板好挨，誰知被一位紅袍長鬚的老者所

訕訕：沒趣的樣子。

阻。計爺和你才倖免於難。那紅袍老者在縣尹背上搭了一下，縣尹就覺得口苦心熱，背上腫了起來。據說那老者左額角有塊黑痣，在衙裡顯靈了好多回。」計巴拉回家一說，才知道這位紅袍長鬚額上有痣的神仙，就是自己的公公。

這時正是明景宗勵精圖治的開始，對各級官員多有封贈，因此珠子行情看漲，計家因此償還了欠繳。

那縣尹不出幾天，背上爛透，五臟外流，草草入棺，扶柩回直隸，行到永平遇劫，貪得的財物細軟一文不留，真是應了那句：「惡人自有惡人磨，竊盜劫來強盜打。」

直隸：河北省的舊名。
細軟：輕的財物。

第十二回　清官斷案

山東東昌府有位李純治，庚辰年的進士，是監察部門的好官，又正直、又通達、又愛百姓，可惜祇能做位巡道。其實以他的人品才學，可以擔負更高更重的職位。就以巡道而論，對罪大惡極的，絕不放鬆，偶有過失的，卻十分寬厚，私底下經常換下官服，換上便服在所屬的十八州縣裡暗訪，嚴懲貪瀆。

聽到縣尹死了，恐怕那些衙役為患，李純治坐上縣堂，把一班人都拘了來，並且回到監院張貼告示，要替

巡道：官名，出巡府、州、縣各道。

衙役：官署的差役。

百姓申冤。說是查辦茶毒百姓之官吏，決不致死灰復燃，以鼓舞百姓訴願。告狀的摩肩接踵，有好幾百人。

摩肩接踵：形容擁擠不堪的樣子。

計巴拉當然不會放過，也遞了狀子，陳敘了計氏上吊及晁源行賄之事。並簽呈和收據等物證都呈給巡道看了。巡道批交刑廳的褚姓副手審訊，儘速提審一干人犯。

差人到了晁家，祗說計家父子罰銀尚未繳清，前來打探消息，等進了門由女性差官捉了珍哥，傳了證人。

晁源有位胞妹，嫁給一個尹姓鄉宦的孫子，原來也有百萬家產，公公一死，四五年之間敗得精光，晁源半價加折扣買了他們的產業。現在要到縣裡問官司，就接了胞妹來看家。

一干人犯晁源、珍哥、晁家的下人，證人：海會、郭姑子高四嫂都到齊，第二件案子就輪到褚姓副手訊問，下人們的供詞一如前情。接著問晁源：「你認得兩個姑子嗎？」「祇認得海會，不認得郭姑子。」「既然不認得，怎麼輕信妾的話，就要休妻？」「原先聽說是個和尚，確實不舒服，後來曉得是郭姑子，也就算了，我妻子的性子烈，自己氣不過，上吊死了。」「既然曉得你妻子剛烈，故意拿些髒話、醜話去氣她，計策不錯，可是平白犧牲一條性命，你跟珍哥該償命的。」接著又問珍哥：「你那天看見從計氏屋裡出來的是和尚？」「看見一個身材高大的光頭，以為是和尚。」「你一方面誣告計氏的姦情，一方面又激怒晁源，明明是借刀殺人之計！」「我祇說了幾句話，誰知道晁源就找了他岳父來休妻，誰料得到她又上吊死了！」「你這種作法，等於是拿毒藥讓人吃，服毒的人滿地亂滾，你還需要再去打他一棍？服毒的人死了，你也該償命！」

褚副手又把伍小川、邵次湖招來，兩個傢伙已經挨巡道揍了一頓板子，那簽呈、收據等等鐵證如山，又打了兩百。

一干人犯都取了供，珍哥絞罪、晁源易科罰金。無罪的開釋，其餘的交差官看管。部份罪證呈給巡道裁定，晁源珍哥沒命號啕起來，原來的差官押回住處等判決書。

裁奪：裁量定奪，再作決定。

駁審：駁回再審。

書辦：如同現在的書記官。

手枷：套在犯人手上的刑具。

第十三回　三審入獄

珍哥拉著晁源直哭說：「不要心疼錢，想辦法弄我出去！」高四嫂說：「早知今日，何必當初！」那差官勸說：「褚爺這樣處置，道爺還有裁奪，何況還有三次駁審，到時候再哭吧！」晁源送了五十兩銀子給書辦，請他在審問紀錄上寫得鬆動一些，好指望將來開釋。可憐伍小川、邵次湖四條斷腿，疼得殺豬一樣叫喚。

第二天帶著紀錄，釘了手枷，由差人押解，往巡道受審。晁源央求差官先解開手枷，差官推說：「這兒離巡道所在的臨清一百多里，目前還在城裡，讓上頭查著不得了，動身二、三十里才開枷。」等走了廿多里，晁源又求差人，差人說：「總共一百多里，解下來又得釘回去，乾脆算了。」原來差官是想借機斂財，慢慢也露了口風，晁源送了每人二十兩銀子才得如願，還賠了不少好話央求。

邵次湖吃了夾棍挨了板子，在板門上發昏，惡血攻心一命嗚呼，祇好找來當地保甲，開了死亡證明，草草掩埋。到了夜晚，找地方住了，晁源、珍哥愁眉不展，伍小川挨痛等死，祇有差官高興，又吃喝嫖妓，花晁源的錢。面前有受罪的差官做前例，還不知收斂。第二天傍晚到了臨清城門，又舊戲重演，天亮才去報到，吩咐翌日聽審。

保甲：鄉鎮以下的自治組織，和目前的村（里）鄰長類似。

收斂：不要太誇耀，略加隱藏些。

早堂審了，晁源二十大板，珍哥廿五板，伍小川二百敲。批示人犯帶回東昌府收問。都打得不能動彈，暫住臨清，請外科醫生療傷。住了十幾天，叫了十幾天的疼，才又上路回轉東昌。伍小川惡夢連連，死在他手裡的拿腳踢他的棒瘡，拿磚頭敲骨頭，都來討命。到了邵次湖死的地方，祇聽伍小川大叫：「各位不要打我，邵兄弟攔一攔，我跟你去就是了。」登時畢命，一樣草草掩埋。

到了東昌，照方來了一遍，又批到聊城縣，之後又批冠縣，冠縣十多天又批了茌平，半個月後才回到武城本府。雖然經過三、四次駁問，都是老故事，符合三駁成招的規矩。武城縣吩咐把人犯分別收押，找保，由兩道兩院一層層報上去，又一層層批下來，仍然跟原判一樣。珍哥關在武城縣，晁源易科罰金，海會、郭氏交保，其餘的開釋。

武城縣發放了出來，晁源送珍哥到了監獄門口，兩人握著手哭得死去活來，旁觀的也都掉淚。公差要回府交差，催促珍哥入獄。

晁源要叫兩個丫頭跟進去服侍，牢裡管事的不肯，差官幫腔說：「晁相公待人並不刻薄……」這才答應了，晁源說：「我一回到家，就來致謝！」滿腹悲愴的往家去了。

第十四回　囚牢設宴

晁源回到家裡，自己灰頭土臉，家中塵網處處，跟妹妹談了談官司，送走了妹妹，大哭一場。

第二天派晁住帶了銀兩、衣物、酒菜到牢裡盡情打點，上上下下都有了好處，連同監的女囚也都不免，從此那珍哥一日三餐，茶水果餅，侍候得極為妥當。

新來的典獄官，陝西人，叫柘之圖，來了個把月之後，知道珍哥是塊肥肉，也想飽餐一頓。這一天黃昏，他取了鑰匙，到了女監，間間都像地獄，珍哥這一間燈火通明，升著火盆，像天堂一樣。兩個丫頭伺候，四五個同監的女人陪著聊天。典獄長一到把那獄卒嚇得要死，跟著囚婦磕頭，珍哥躲在牆角裡。之圖把獄卒打了十五板，用匣床套牢了珍哥雙腳，貼上封條，騎上馬出了門往西城查夜。

獄卒連忙透露給了晁源，幸好晁源孤枕難眠，還在獨酌。立即備了酒菜，點了燈火，暖了大廳，到大門外等候，果然讓他等著，迎拒一陣進了屋裡，到了別有好處的天堂，晁大舍佈菜敬酒，事之如父母，刻意奉承，就是不提珍哥的事，蓄意吊他胃口。等柘之圖熬不住自己說了出來，晁源這才央求於他。又要敬酒，之圖推說醉了，晁源說：「您既然喜歡，明天專程送上兩罈，務必自己開封，免得下人開壞了酒。」柘之圖意會告辭去了。

匣床：舊時牢獄中使用的一種刑具，形如木床，命囚犯仰臥其上，將手腳緊緊夾住，全身不能轉動，痛苦異常。

果然一回去就讓珍哥恢復原來的日子。第二天絶早，親自裝了兩罈好酒，罈裡各裝了四十兩，其中一罈另裝上五兩重的鐲子，一罈裝了一錢二分重的金戒指十個，另備酒米銀兩，差人賞了獄卒。

之圖用另外的罈子裝了酒，倒出其中的玩意兒，不但之圖喜不自勝，連他家裡的也樂昏了。自此以後跟晁源相知，照顧珍哥之餘，連帶其他作伴的囚婦也養得白胖。

過了年天氣熱了，之圖假借女監將倒，單為珍哥另蓋一間向陽的屋子，自成格局。晁大舍先前還待上半日離去，後來就徹夜住下了。四月初七珍哥生日，就在獄中大擺筵席，一牢的都醉了。

晁大舍在牢裡過了夜，第二天晁鳳來磕頭稟告：「晁老太爺老太太十分掛心，要你進京。」雖然珍哥一再撒嬌相留，晁源還是選了四月十三日由水路啟程。花了二十八兩銀子租船，又包了個小街上的妓女小斑鳩作伴。臨行前又把牢裡上上下下都打點了。搭船順風而行，岸上風光絕妙，走了三四里有座廟，廟前兩位婦人，一著天藍，一穿素粧說：「我姐妹兩個不送了，改天回來跟你接風！」一看原是計氏和狐精，其他人卻沒見著什麼，嚇得毛骨悚然。

接風：親友初到時設宴款待。

毛骨悚然：形容驚懼的情形。

第十五回　忘恩負義

卻說第五回裡出現過的司禮監太監王振，欺君誤國，成就了一個土木之變，掇皇上御駕親征，自己死於亂軍之中，牽連無數。大力幫助過晁老的梁生、胡旦也在通緝之列，他們躲在晁老府內，算得上是銅牆鐵壁保護著。

這晁家父子有同樣的毛病，都心狠手辣，好殺功臣。晁老看梁生、胡旦已經沒有利用價值，幾次想檢舉他們，他的參謀邢皋門冷嘲熱諷的勸，晁老夫人也說：「這兩年我們也賺了二十萬兩銀子，榮華富貴都有，怎麼能不飲水思源，他們兩個親戚朋友不少，單單投奔我們，也把我們當成穩當的靠山，下不得手！」一肚子邪火才澆了下去。

晁大舍到了張家灣打發了小斑鳩，船家，這才前呼後擁的進了晁府。見了爹娘、邢皋門，又跟梁生、胡旦噓寒問暖，那兩人心中竊喜，結拜弟兄來了一定事事照應，更加保險。

隔了兩三天，晁大舍談起梁生、胡旦的事，主張除了他們，晁老不住點頭，晁夫人卻說：「年輕輕的要多積德，你們是結拜弟兄，怎麼能用人的時候求，不用的時候踢？你們父子倆都不忠厚！」

晚上晁大舍把晁書、晁鳳找來，說官府懸賞一百兩，要他倆去檢舉，少聽晁老太太的婦人之言。晁書晁鳳記得當年在蘇都督家住了四五十天，很受禮遇，都推托不幹。晁源決心自己來，祇是警告他們不得洩露風聲。

第二天，晁源走進梁生的房間，藉故上級徵借軍餉，晁府庫裡剛剛繳了，要他們湊湊。梁生、胡旦湊了六百三十兩，晁大舍連零頭都不留，包得結結實實，避過別人藏了。隔了一天，晁大舍拿了假的通緝令說：「兩位弟兄，事機敗露，要是逮著了，你們完了，我們全家也不保。趕快換上破舊衣服，我讓人送你們到香岩寺去避難，那裡的住持受過家父的好處，一定沒有問題。」也不讓梁生、胡旦辭別晁家兩老，就讓衙裡的人領著走了。

香岩寺只有四五里路，走到旱石橋，衙裡兩人一個說解手，一個去牽馬，統統溜了。梁、胡兩人久候無著，自己門路找著去了。找著方丈說是衙裡的親戚。方丈雖

方丈：主持佛寺的大師。

標致：指容貌秀麗。

還俗：不做和尚尼姑，仍舊做俗家人。

然疑心，見兩人都長得標致，暫時住下再說。住了三四天還不見大舍出頭，捎信去，連信差也給趕回來。方丈問起根由，兩人才知中計。聽了方丈的話，先剃了頭假作和尚，將來風平浪靜再行還俗。

等晁老夫人知道，關起門來痛哭一場，吊在床欄桿上自盡。雖然救了過來，那晁老夫人說：「趁有兒子的時候死了，還有人披麻帶孝。那有做這樣短命事的家庭能享福的！」

第十六回　慈母劣子

香岩寺的住持擇了個剃度的吉日，替梁、胡落了髮，梁生法名片雲，胡旦法名無翳。兩人做了徒弟，日子過得倒很平順。

衙裡的參謀邢臯門，頗為有才，心性開闊，他受一位父執的推薦，進了華亭府，府裡的事大大小小全靠他，也不爭名邀功。晁夫人對他更是十分禮遇，從來沒有虧過禮數。他對晁源衹當沒這個人，晁源雖然不滿時有怨言，臯門看在晁夫人面上，不跟他計較。

剃度：剃髮做和尚。

法名：佛教徒受戒時由師父授予的名號。

父執：父親的友人。

禮數：禮儀的厚薄等第。

結髮：最先婚配的夫妻。

瑤池：古神話，指西王母所居的地方或俗稱神仙的居地。

乖張：性情橫暴。

到了通州，晁源拋棄結髮帶娼妾到任中，知他不通倫理，逼死計氏，忍心害理，用計吞了胡、梁的錢財趕了出去，這是忘恩負義。慈母還要自盡羞眼見他，大禍將至事屬必然，借科考名義，撿個日子辭別而去。晁源正中下懷，管起事來，弄得一團亂麻似的，有人父親去世，他輓說：「駕返瑤池」，類似這樣的笑話，鬧了不少。

晁夫人又常夢見他公公，扯著她痛哭，又夢見計氏頸子上拖條紅帶子跟晁源打架，神道鬼道惡夢顛倒，邪皋門離去，兒子乖張，晁老又不救止，心中好生難過。找了晁書來吩咐他到香岩寺，請住持唸一千卷救難經。晁書銜命而去，正遇著胡旦，兩人十分驚喜，彼此說了根由，才知是晁源毒計，祇有晁老夫人心善。晁書跟胡旦、梁生吃了齋，告辭回衙，避了人跟晁老太太細說了。

剛好這天晁源躺在床上打冷顫，晁老夫人要扯夾被替他蓋上，卻扯不動，原來被裡夾著那包銀子，老太太知道兒子真做了缺德事。又差晁書先帶二百兩銀子去還了胡、梁二人。另外還有兩口箱子，暫時不提免生枝節，再相機行事。過了一天，住持從京裡回來，連連恭禧胡、梁，原來住持會了管廠的公公，把通緝令給撤銷了。兩人叩謝再三。又把晁老太太要唸觀音經的事說了，老夫人先墊還銀子的事也說了。住持說：「這事也怪，這麼一位善良的母親，怎麼生了一個狠毒的兒子！」

梁、胡兩人替老夫人立了生位，早晚燒香祝壽，住持也收拾乾淨壇場，請了禪僧，好生唸起救苦救難大慈大悲觀世音菩薩的真經。

過了一兩天，老太太又差晁書押了四盒茶餅，四盒

壇場：用土木築成的高台。

禪僧：尊稱禪宗的和尚。

點心，二斤天池茶，送到寺內。又把二百卅兩銀子交給胡、梁兩位。

七月一日法事完了，免不了又押送了不少的貢獻。又把箱子裡的六百三十兩銀子還了。晁書臨別，梁、胡交出箱上鑰匙，表示收到銀子，同時請老太太有機會開箱查驗，證明他們並沒有說謊。老太太這才稍稍寬心。

第十七回　心虛生鬼

晁源那天全身發冷，冷過了又發燒，成了瘧疾，從此一天兩次，日落就犯，漸漸見神見鬼，狐精和計氏攜手共進，拿扇子搧他，拿火烤他，拿開水潑他……梁生、胡旦帶著枷鎖，領差人捉他，鬧個沒完。晁老夫人把頭髮都急白了，眼窩也累得窪了下去。拜天許願不一而足。請人作法也沒有效驗。家裡原有金剛經，又到寺裡請一部妙法蓮華經，晁源依舊見神見鬼。原來心虛生暗鬼，真經也沒用了。晁夫人乘晁源發病的時候，聽清了他的自說自話；有所問訊，他也據實以告，認了自己的錯，把銀子、皮箱都搬到老太太房裡存放。梁、胡的影子不見了，祇剩計氏和狐精來擾。晁夫人又差晁書帶著銀兩明天還上香岩寺唸經，超渡亡魂，順道把梁生、胡旦的鑰匙還了，表示信任。

當天深夜，胡旦、梁生夢見一位金盔金甲的神將說：「你們的行李我已經幫你們拿出來了，存在一位女善人家，天亮就有人來說消息了。」果然晁書一早就來了，彼此說了經過，知道是韋陀顯靈，都到韋陀殿前叩謝。

晁老兒依賴晁源，已經惹了不少的禍，晁源一病，任由一些狗頭參謀胡整，十件公文九件出錯，聲望大跌。

土木堡之役，明英宗為了抵抗犯邊，京畿之內發了一百萬兩銀子，通州也發放了一萬多。晁老兒聽信戶部

超渡亡魂：為死人念經，以超脫畜生、餓鬼、地獄等三惡道。

京畿：建都的地方。

的奉承把朝廷的恩典，運的運，藏的藏，搬的搬。這一萬多兩銀子，原來是要購置糧草食物的，晁老卻把糧草食物分撒給百姓。百姓如期納完，多餘的納入私囊。晁老仍不知檢點，還在胡做非為。一位姓辛的翰林，經過晁老在華亭任官的時候，不但沒有表現，還多有羞辱。無巧不巧卻在此時因為入閣經過通州，把晁老在通州的劣績打聽得一清二楚。到了京裡，一本奏了上去。連細微末節都一清二楚，嚇得晁老半天縮不回舌頭。

連夜請來曹銘，曹銘雖然衹是個衙役，卻有個外號叫曹鑽天。京中有權有勢的門路，跟他都是舊識。晁源又在病中，沒人拏時。這曹銘揹了黑鍋，問了充軍的罪名，晁老兒輕輕鬆鬆的落得免職回家，也衹等晁源病好了回家。

背黑鍋：被冤枉以致背負不名譽的指責。

充軍：把罪人送到邊遠的地方去。

晁源病稍微好些了，又查問梁生、胡旦的皮箱，又非尋回自己詐的銀子，跟自己的母親鬧個沒完。這卻不說，還要他父親申辯復官，自己還要寫申復書。可是紙筆擺了一天，沒有片紙隻字。曹銘聽說嚇得一頭汗水說：「幸好我用了苦肉計，還想做大夢，快快上路回家吧！」這才選了水路回家，梁生、胡旦故做忘了前情仍來送了行。

苦肉計：用計損傷自己的身體，以博得別人的信任。

說來也奇，晁老夫人多給的銀子，按晁夫人說該拿去修橋補路，梁生、胡旦卻去買了米存在庫裡，春、夏糧荒用來賑濟，災民知道是和尚的東西，都加利息來還，六百三十兩銀子，積成了數十萬還不止呢！

第十八回　兩椿喪事

晁老夫婦走了一個多月，回到武城縣家裡。衣錦榮歸，送禮接風，攀親帶故，好好熱鬧了一番，這還不算，那些媒婆絡繹不絕地往家裡跑，全來給晁大舍提親，兩老也沒了主意，任由兒子自己決定。這天來的，一個是秦參政家專差，一個是唐侍郎府中特使。

兩老要找晁大舍，大舍卻不在家中，原來晁大舍日夜都往牢裡跑，跟珍哥廝混。珍哥答應他，等過年大赦減刑出獄，她扶了正，允許大舍納妾。等他聽說有媒婆

攀親帶故：拉攏親戚關係。

參政：官名，參知政事，為宰相之副。

撮合，他又色心大動，衹是不能同時娶兩個，倒深以為憾。

於是差了禹明吾家的奶媽夏氏，晁書媳婦，到臨清去「相親」。首先到了唐家，唐家小姐雖然頗具大家風範，但相貌平平。到了秦參政家裡，秦小姐確實國色天香，一時晁家的媒人都驚為天人。

這時秦家的舅爺來了。這位舅爺經營的客棧，就是晁大舍跟小珍哥養棒瘡那家，而且早就認得晁大舍，他對大舍的評語是：「相貌不錯，卻是不折不扣的花花公子。」舅爺不再表示意見，晁書等人衹在心裡叫苦。回武城說了詳細，晁大舍對秦家小姐簡直害起相思病來了。

秦家那邊，捨不得這樣一門財主親家，認為舅爺的話不可深信，差忠僕秦福再去打聽，結果找不出大舍半分好處，秦參政對結親的事冷了一半，倒還看在錢財份上仍不死心。這時候，晁家倒是有段插曲——

晁老卸職在家，百般無聊，納了丫頭春鶯為偏房。到了三月十一，晁老邀約一些有勢力的朋友，備了兩桌酒，賞海棠，夜深未曾加衣，受了風寒，又請了蒙古大夫楊古月救治，一劑十全大補劑火上加油，到了三月二十一，壽終正寢。家裡除了計氏，又添一口棺木。

晁大舍辦正事不靈，專好表面文章，請人發訃文，畫遺像。嫌奉直大夫不夠體面，寫了「光祿大夫上柱國先考晁公」貼了出去，凡來弔孝的，議論紛紛，引人笑談，幸得後面住的陳方伯制止，才改正過來。

大舍又讓畫士把晁老畫成城隍爺模樣，好些鄉紳見晁家儘做這些不守份的事，草草祭了就散。秦參政藉機弔孝，旨在端詳大舍，大舍擺開酒筵，請鄉宦相伴，參

壽終正寢：年老在家安然死去。

奉直大夫：官名，文官從五品封奉直大夫。

光祿大夫：舊官名，清代光祿大夫為正一品文官。

上柱國：武官勳級中的最高級。

先考：先父。

政事事滿意，總有八九分滿意。

秦家小姐可不如此，她說：「他家裡放著一個吊死的老婆，監裡坐著一個絞罪的珍哥，這樣還有好東西？躲著他還怕不期而遇，你們忍心把我嫁給他，我寧可當尼姑去了！」

可憐晁大舍好夢方酣，安葬了晁老和計氏，預備到雍山山莊收麥子。然後提秦家的親，誰知道是自尋死路……

絞罪：死刑之一，用繩把罪人勒死。

第十九回　鬼神不客

　　晁大舍到了雍山莊上，收了麥子，計畫收成完了就到秦家謝孝，順便了了親事。

謝孝：孝子因父母喪答謝弔客。

　　話分兩頭說，雍山莊後面住了個皮匠，二十四五，生得濃眉大眼，挑個擔子到山前替人做活。雖是粗人卻甚豪爽，雍山莊上的人都認得他，乳名小鴉兒。去年秋天讓大水沖了他的茅屋，在莊上找著管莊的季春江，找間屋子住下了，小鴉兒的媳婦姓唐，是位標致少婦，好在一年裡相安無事，管莊的這才放下心來。

自從晁大舍到了莊上，唐氏起先倒也躲躲藏藏。自己淘米、打水、上碾推豆腐，進進出出，大舍撞見幾次，故意搭訕，唐氏倒也相應不理。誰料到唐氏跟晁住、李成名的妻子結成義姐妹，常在廚房裡捍餅、包水餃、說笑不了。唐氏也常有吃食帶回家，小鴉兒屢有責問，唐氏應對，總是廚房幫忙得來，也就暫時罷了。那晁大舍早就留了意。

一天小鴉兒挑擔子出去，唐氏鎖上門踅到廚房，跟李成名太太閒扯。順便吃著湯飯，正巧晁大舍來了問起，行了禮，彼此也就正式有了交談。

從此，跟晁大舍也就熟稔了，大舍幾次想下手，晁住和李成名的娘子守著，馬嘴前的紅蘿蔔就是撈不著。珍哥也忘了，秦家姑娘也拋向腦後。

踅：音ㄒㄩㄝˊ，轉身而行。

住到五月，大舍說：「快到端午了，小鴉兒的媳婦老替咱們幫工，也送兩匹布給她，湊和做衣裳。」李成名和晁住的媳婦說：「你死了心吧，除非你正式娶了親，我們肯不肯讓賢還不一定呢！」晁大舍真是大象嗑瓜子眼飽肚中餓。

可湊巧場裡的麥子不見了二十多個，季春江挨戶搜查祇有小鴉兒清白。正中下懷。一干人都趕了去。晁大舍見沒了人，假意找小鴉兒修鞋，從此勾搭成姦。

這天小鴉兒往五十里外去營生，順便在劉埠住下，也好趕第二天流紅的集上做活，跟唐氏說晚上不回來睡了。晁大舍抓住機會怎會放過。誰知道小鴉兒在半途上有了生意，等完了工覺得離家近，就興沖沖的回來。一叫門大舍跟唐氏慌成一團，還好唐氏叫大舍在門後藏了，假說家中有蠍子，讓小鴉兒去討個火，才讓大舍溜了，不曾暴露。

那晁大舍猶不檢點，跟李成名的媳婦、晁住的女人也有不清不楚之處，一概做了通家，從不迴避。把晁老夫婦、小珍哥都忘在腦後。自顧自在莊裡會同淫婦們尋歡。

到了六月十三，小鴉兒姐姐生日，他姐姐家離雍山莊不過三十里，本來說好不回莊上，正是唐氏機會。小鴉兒早有疑慮，逕自回莊，已是夜暗，不願驚動，於是越牆而入，摸到晁住住處，卻讓鬼影引到晁源住處，闖破姦情，先殺了唐氏，然後喚醒大舍也一併結果了。挑了兩顆人頭提了悶棍，往城裡去了。

第二十回　路過除兇

小鴉兒把兩顆頭顱放在縣府地上，等大尹升堂。看熱鬧的圍得人山人海。人人都派晁大舍的不是；有的說他淫邪，有的說他刻薄，反倒稱讚小鴉兒是個豪傑。

縣官見證據確切，許了晁鳳領回首級，卻把晁住的媳婦趙氏拘來。趙氏見過刑堂手段，從頭到尾都一一招了。晁住管教妻子不週，打了廿板，小鴉兒也是廿，讓他披了紅彩帶去了，小鴉兒回莊上挑了擔子揚長而去，不知所終。

首級：砍下來的腦袋。

晁老夫人夢見晁大舍披頭散髮，赤著身體說：「那狐精領著小鴉兒殺得我好苦！」於是驚醒，前情即是後話，晁鳳領回首級，縫了入歛，燒紙受弔各如份。

後來有人看見小鴉兒在泰安州做生意。

晁家原來也沒有什麼近親，晁老的一個族弟晁思才，一個族孫晁無晏。這兩人領著一批無賴，混吃喝維生。他們不知春鶯已有五月遺腹，以為晁夫人無後，這晁家的數萬家財該是囊中之物。

這批不成材的「親屬」，買了一個豬頭、一隻雞、一條爛魚、一紮冥紙，叫人抬著，見了晁夫人，乾號了一陣，說：「有夫從夫，無夫從子，如今子也沒了，就是族中人！」晁夫人心知肚明，苦苦應付。

頭七那天，因為大雨，晁思才的老婆也犯了心絞痛，

入歛：把屍體裝入棺材裡去。

頭七：人死後第一個七天。

這批無賴沒有出現，晁夫人也鎖了門進城，事事託付季春江。莊上暫時安寧。晁思才這批混帳，邀了蝦兵蟹將，帶著眷口一擁而至，季春江款待眾人，眾人挑三檢四，跟春江衝突起來，乾脆動了手，男男女女一起湧上，看似勸架，其實要讓季春江吃暗虧。

晁思才那幫人乘機偷的偷、搶的搶。幸好鄰居和鄰里長來救，才算沒出命案，可憐春江祇得奄奄一息，打得躺下。晁夫人知道了也莫可如何。

晁思才還不死心，鼓動原來那批男女，又擁到晁家，佔房子，搶箱籠，打下人，晁夫人祇好把春鶯藏在更樓上，取掉扶梯，免生意外。

說來也巧，徐大尹剛巧送欽差回程經過，看萬頭鑽動，人聲鼎沸，一問之下原是乘人之危，於是封鎖了前

蝦兵蟹將：比喻烏和之眾。

欽差：皇帝所派的大臣。

後門，趕開了緊纏晁夫人的女混混，問明了詳情，一聲令下，即刻抓人，躲的躲、求的求，也沒走漏一個，身上暗藏的財物也一一搜了出來。

更樓上的春鶯也下來見了大尹，收生婆驗了說是男胎，大尹許了將來，分娩時報與知曉，把那些惹事的，打的打，罰的罰，關的關！百姓眾口同聲說大尹神明！

第二十一回　順從天志

自從大尹為晁夫人作主之後，一切清淨，祇由得老夫人照拂春鶯，馨香禱祝期望有個兒子。

到了九月廿八日，門房報告說，梁片雲、胡無翳從通州來求見。晁老夫人熱情招待。原來兩人記得十月初一是晁老夫人六十壽誕，特別掛單在真空寺，前來拜壽。

初一那天，晁夫人身有重孝，不曾慶祝，單擺了素席，又備了道袍、僧鞋和十兩銀子相贈。兩人祝罷回程。無翳說，「晁大舍刻薄得很，晁老又不夠忠厚，兩人都

掛單：獨留下一個人在場。

重孝：至親去世時為身有重孝。

過世了，留下晁夫人，我擔心春鶯懷的不是男胎。」片雲說：「晁家兩代都不屬善類，不過卻已過世。晁老夫人倒是位女菩薩，我看她相貌還有後福可享，不知道怎麼能投胎給她當兒子，報報恩德。」說著回到了通州。

過了幾天，片雲逐漸沒精打采，又漸漸生起病來，一天晚上，片雲夢見韋陀尊者說：「你說要投胎為晁夫人當兒子，十二月十六日子時就去吧！」醒來把夢說給長老聽，從此更加氣息奄奄。到了十二月十五日片雲請長老和無翳一定要繼續積穀濟貧，並且不要埋葬，待他自己回來處理，交代完畢，回到靜室裡，盤膝打坐，紅日初露，他就圓寂了，這事遍傳京城，太后都派太監來上香。

大尹推介的收生婆日夜都住在晁家，等候生產。足

投胎：俗稱鬼魂能夠投入孕婦的胎中，轉生入世。

尊者：和尚的尊稱。

圓寂：稱僧尼之死。

足等了一個月，到了十二月十五日的晚上春鶯才開始陣痛。這中間晁夫人夢見片雲來說：「奶奶沒人服侍，我來！」夢醒果然生了個胖小子，模樣像極了片雲。一下地就骨碌著一雙大眼睛，東瞧西看，把所有的人都逗得樂上了天。

那晁夫人更是樂得睡不著，就算計著如何謝天謝地，濟貧救災。對族裡的人，想到各給五十畝地，讓他們日子過得好一點。

天剛亮，晁老夫人差收生婆徐大娘和晁鳳到縣裡面去報喜，縣太爺出門給人上樑去了，等了一會兒，徐大尹穿著官服回來，報了喜，大尹賞了二兩銀子，讓下屬拿來紅紙，因為上樑回府，起名晁梁。

老太太聽到這個消息，心想這真奇妙，自己心裡想到的名子，怎麼就讓縣太爺給猜中了，這晁梁將來必定造化不低。

造化：創造化育，承天順命，喻天生的運命。

冬時日短，光陰似箭，轉眼過了年，忙著做滿月，晁老和大舍雖已故世，有了晁梁，老太太也不覺得孤寂。眾親友送了賀禮，給晁梁起個小名叫小和尚。

第二十二回　富貴為賢

過了小和尚的滿月，晁老夫人吩咐發麵蒸饃，買肉準備做熱炒，預備二十那天用。晁書的妻子詢問原因，晁老夫人說，要把族裡的那八個親戚找來，分地給他們。晁書的老婆很不以為然，舊恨猶在說：「要不是那天徐大尹經過，我們現在還不知道是個什麼下場。」

原來晁老夫人還有個計較：晁老沒做官之前，這些親戚還是上門的，不過家貧，老夫人又是新婦，也做不了主，十分慢待他們。後來做了官，晁老恨那些親戚早

蒸饃：蒸饅頭一類的食品。

各揭各短：互相揭露對方的壞處。

一脈：父子世系相承，叫一脈相傳。

莊稼：農家所種的各種東西。

年嫌他窮，又擔心他們高攀，更形疏遠。不曾有什麼好處照顧族人。計算一下雍山十六頃，可以留著，墳邊的四頃不能妄動，老官屯的四頃可以分了。其餘八頃多是大舍半買半賴來的，應該歸還。吩咐曲九州通知族裡的八個明天來。

次日清早，眾人到了晁思才家，七嘴八舌胡亂猜疑，各揭各短，晁無晏跟晁思才，先動口，繼之動手，糾纏不休，好容易勸開了才到了晁府。

晁老太太不理會他們的猜測說：「現在我家有後，成了家業，我可不獨享，要祖先傳下來的一脈都有飯吃，我才稱心滿意。我要把老官屯的四頃地，每人五十畝，分給你們八家去耕種，另外一家五兩銀子，五石雜糧，好接著種莊稼。」計算一下價值一千六七百兩銀子，眾人簡直不信，也有貪心的，還想分晁府的房子，老太太也不理會，這裡吵著誰寫字據，家人來報，胡無翳來了。

老太太跟胡無翳在大廳裡談著片雲投胎的事，也是無翳此行的目的。老太太正好請他幫忙寫了字據，填上各戶的姓名，劃了押，約好廿二日交割，送走了眾人。

接著請來那八頃地原地主。原來這些地主是跟大舍借過幾兩銀子，一二十分的利息，利上加利，隔一年半載就上了本錢的三四倍，逼著把地買了來。

老太太的原意是按照借錢的實數，把地買回去，二十多個苦主都十分滿意，其中衹有麥其心、武義、傅惠三個慌稱以地契抵押貸款，溜之乎也，主辦的任直、靳時韶還被三人痛打了一頓，幸好鄉長救下，報了官，徐大尹問明白了，用庫銀買下八十畝地做為貧寒獎學金。

劃押：簽署。
交割：金錢與物品交換。

晁夫人堅持不收，繳還縣裡，大尹知道老夫人行善心誠，就在學校立碑傳世，又送一門匾，上面題了「女中義士」四個大字，擇吉日親自懸掛。

再說胡無翳住了一個多月，小和尚也將近三個月了，看見胡師傅，露口大笑，舞著雙臂要抱，愈看愈像梁片雲，胡無翳抱了一陣奶媽接過去，小和尚還顯出依依不捨的樣子，可見因果報應的事確然有據，就算沒人看見，也不應該做惡。

第二十三回　義行可風

晁源這夥人的故事原來發生在武城，怎麼突然又搬到繡江縣來了呢？原來這夥死去的人又都轉世到了繡江，結成冤家。暫且按下不表，單介紹繡江的地靈人傑。

繡江在濟南一百一十里外，四境多名山勝水，第一數會仙山。山多流泉，有的形成瀑布，水濂，流瀉成湖，這白雲湖天旱也不乾涸，水漲也不氾濫。

離繡江縣四十里有個明水鎮，明水鎮上有位楊鄉官，官至宮保尚書，賜了全俸告老在家，他也不到城裡去住，

轉世：佛家講輪迴，人死後鬼魂投胎再生為轉世。

衹把祖宅略事翻修，縣裡派來的人不用，帶著童僕，拖著竹杖，田間石上，廟前樹下，跟村夫、野叟閒話。大夥也以叔伯兄弟相稱，終年衹有三件道袍，村中集會，他總早到遲歸，盡力最多，有人來訪，不管村夫野老必恭迎恭送。另在村外小莊上，迎河修了五間茅屋，沿堤種了桃柳，一座板橋凌清波。茅屋裡供應酒菜，目的不在賺錢，而是怕遊人旅客掃興不便，總按成本一半收費，有不方便的，也由他去，真如閒雲野鶴，自在如意。

　　這村裡還有一位李姓財主，到了這一代叫李大郎，種田的事在行極了，讀了十七、八年書仍然無所進益。長子希白八歲，次子希裕六歲，在老師舒忠的課讀下，卻是一日千里。舒秀才深受李大郎的尊敬，束脩極豐，教了三年，舒秀才堅持辭館，深恐誤人子弟，另外推薦

閒雲野鶴：比喻優閒自在的人。

束脩：敬師的禮物。

一位楊先生接替，教了兩年，長子剛十四歲就進了學。又隔了兩年，次子也進了學，他哥哥考了一等第十。

那些富豪人家都想跟李大郎結親。可是李郎很佩服舒秀才的為人，知道秀才有兩位女兒，一個十五，一個十三。舒秀才雖然出身寒門，卻也世代書香門第，姻親也都出身大家。於是請人再三托媒，求舒秀才把兩個女兒嫁給自己的兩個兒子為妻。

舒秀才答覆說：「我這樣的寒士，怎麼能跟富家結親？他那兩個兒子，讀書上進，我倒是十分敬重。」對於求親的事，執意不肯，再三推辭，李大郎這邊就再三請求。舒秀才感於李家的誠意，終歸還是允許了。後來兩親家相處，有如手足，甚是相得。

李大官後來官至布政，李二官做到戶部郎中。舒秀

布政：為一省的行政長官。

才貢了出學，選了訓導，陞任通判，傳為一時佳話。

鄉紳士林的人物如此，就是一般的人也多有特立獨行，民風尤其純樸，四時八節祭祀祖先，平日孝順父母。祇要能有一碗飯吃的，莫不三五家合一請位老師，來為子弟課讀。讀不得書的也務農，或者學些手藝，確是一片和樂。

貢學：科舉時代因學行優良而被推選升入太學的學生。
訓導：官名，為明、清時府、州、縣學的副教官。
通判：官名，有州、府通判，與知府、知州共理政事，為輔佐之官。

第二十四回　得天之賞

這明水村的百姓純厚質樸，富貴的不會欺負貧賤，強者絕不壓弱，照現在的眼光來看，全是些呆子，守株待兔的作風，簡直該活活餓死，誰知老天有眼，對這種福地特為眷顧。接著數十年，五風十雨，風是和風，雨是細雨，還揀晚上才下。一片仙山，滿滿的都長滿木材。大家小戶都有山坡地開墾，湖裡的魚蟹菱藕取之不竭。湖中的水，灌稻田，溉旱地，澆菜園，供廚井，自成極樂世界。

說也奇怪，老天好像張著老大的眼睛一樣，這裡的縣官個個都清廉能幹，所以家家富足，男有餘糧，女有餘布。另有一番風光。

立了春，一天暖似一天，草芽樹葉逐漸清綠，男子收拾耕田，婦人浴蠶繅絲，到了清明寒食，家家紫荊、海棠薔薇丁香牡丹芍藥。湖邊的楊柳，不必山陰道上就已經花團錦簇了。

依次種完棉花䅳秫，黍稷穀粱，種了稻秧，已是四月後半，打草苫，擰草繩，收拾割麥。水地裡又急忙種稻，旱田裡忙著種豆，趕著春天種下的秧苗，也要整治。三個夏月忙得不可開交。

才交七月，簽䅳秫，割黍稷，拾棉花，割稻子，耕秋地種麥子，割黑豆，打一切雜糧，垛稭幹，摔稻子，

黍稷穀粱：穀類植物。

草苫：草蓆。

垛稭幹：堆乾麥稭。

夜以繼日，胼手胝足，三秋裡心裡最快活。

十月初一，謝了土神，是莊完稼備的時刻。十月半，農家成仙，大囤收運糧食，大甕做酒，大欄養豬，成群的羊。鵝鴨成百，放出去湖裡，到時候一喚又都回來了。

家家都有臘肉、醃雞、鹹魚、鹹蛋、螃蟹、蝦米。那栗子、核桃、棗子、柿餅桃乾之類，都是自家谷裡生的。茄子、南瓜、葫蘆、冬瓜、豆角、椿芽、黃花、大困子曬了乾，放著過冬。揀那些不成材的樹木，伐來燒成木炭，大堆的存在空屋裡。一早睡到日頭露紅，起來梳洗，吃得早酒的，喝一杯暖一暖。溪中甜水熬的豆小米粥，噴香。雪白的連漿小豆腐，吃得飽飽的，穿了厚厚的棉襖，走到外邊，遇著左鄰右舍，親朋好友，就著太陽講什麼孫行者大鬧天宮，李逵大鬧師師府，唐王遊

孫行者大鬧天宮：故事出自：西遊記第五回「亂蟠桃大聖偷丹，反天宮諸神捉怪」。

李逵大鬧師師府：故事出自：水滸傳第七十二回「柴進簪花入禁院，李逵元夜鬧東京」。師師府，宋朝名妓李師師之家。

唐王遊地府：故事出自：西遊記第十一回：「遊地府太宗還魂，進瓜果劉全續配」。

地府。閒言亂語，講到靠近中午，各自回家，吃了中飯。等到傍晚，有兒孫讀書的，等著放了學，收了牛羊入欄，關了門，吃幾杯酒，早早的上了炕。懷中抱子，腳頭蹬妻，一覺天亮，至多有要生產的來敲門討個火種，任憑怎麼敲，就沒人心驚。天地常生好人，人常行善事，培元固本才好。祇是古往今來沒有百年不變的氣運，也沒有常久渾厚的民風。

第二十五回　今生緣會

明水鎮有個叫狄宗羽的富戶，讀書雖不成，倒還有幾分俠氣古風。家隔壁也開家店，招接東三府來往的仕宦，飯錢草料有小小的賺頭就行，貴客臨門根本不收飯錢，大家都稱他狄員外。

這天有位薛教授，帶著妻子、寵妾，兩房家人媳婦路過住店，說是要到青任衡府就任繼善。人也十分和氣，狄員外親自拜見，薛教授也回拜了，兩人談起來倒也頗為相投。第二天跟薛教授送行，偏偏下起雨來，原來這

俠氣古風：扶弱抑強，尚義的舊風。

員外：舊俗稱呼富家主人為員外。

繼善：王府的老師。

明水鎮是開門雨，飯了晴，這天卻雨落不止。樂得閒話家常，原來薛教授名振，十七歲補了廩，教書多年，倒也積了些束脩，祇是有一個親弟弟，今年五十二歲，尚無子女，專門跟哥哥作對，所以不願意回河南老家。彼此問了家眷，等雨停了赴青州上任。

從此兩家互通音訊，相互饋贈。一年二月間薛教授家人薛省三要回鄉上墳，順道探望，攜了禮來，狄員外在正月二十生了個兒子，薛省三來正好趕上滿月。薛教授也在頭兩天添了個女兒。狄員外備了厚禮道賀，兩家相處，愈來愈厚，不知不覺中過了八年。

薛教授辦了離職，想想不願回河南，揣摩著想在明水鎮住下，差人帶信給狄員外，請他代覓住處。等薛教授來了，狄員外早在店後預備了房子，一切齊備，比在

廩：由官府供給糧食的學生。

家中還方便。暫時安頓，預備另尋合適的地方開間布鋪。

第二天，狄員外的妻子，備了一點酒去探望薛夫人，薛夫人領著女兒和兩個兒子出來相見，女兒六歲，叫素姐，大的兒子四歲，叫春哥，二兒子兩歲叫冬哥。素姐現在荳蔻含苞，將來必是芙蓉出色。

次日薛教授夫人也備了禮回拜。也見著了狄員外的兒子狄希陳，狄希陳長得厚厚實實。兩家的夫人都有結兒女親家的意思。都跟自己丈夫說了，祇是孩子還小，暫時丟下了。

薛家祇擔心自己要回河南，狄家也因為同樣的理由，大家都不好提這檔子事兒。薛教授有意在明水鎮經營布莊，租了楊家的房子。自從搬進去以後，人口甚是平安，生意格外興隆，兩家的交情越發要好。家中眷屬更是往

荳蔻含苞：女子快要成年的時期。
芙蓉出色：形容婦女美雅脫俗。

來頻頻，祇是薛家素姐對狄希陳莫名的厭惡，常常擺在嘴上，家人祇當耳邊風。隔了兩年，生意更好，薛教授乾脆入了籍，不回去了。這年狄員外生了女兒巧姐，薛家又添個兒子再冬。一天薛教授請老田說媒，兩家先換了聘，祇是那素姐說：「沒有別的話說，只看我以後報仇好了！」弄得她母親生氣。山東人河南人相隔兩千里，也算有緣——

第二十六回　眾生怨怒

薛教授因為喜愛明水鄉，所以落籍提親，沒想到這個地方，原屬仙境，卻逐漸地起了變化。那些有錢勢的人家，養些鷹犬，專幹些引誘年輕人借貸的勾當，一百兩的本不到一年，利上加利，變成五百兩；有的家裡有些房地產，就有人千方百計，硬結成親家，漸漸蠶食；也看那些略識之無的，就收了學生，一心賺錢；間或也有好的老師，偏偏那些學生只顧搗蛋，並不專心向學；平日裡變得長幼無序，亂成一團，且舉兩個例子說說：

略識之無：沒有什麼程度。

一個秀才叫麻從吾，借了讀書為名，住進了張仙廟，先頭還好，道士吃餅，他也跟著吃餅，道士吃飯，他也跟著吃飯，漸漸的，除了吃飯，還要喝酒，除了喝酒，還要吃肉。道士們一有不夠週到，免不得拳打腳踼，原先出去唸一天經，作二兩法事，總夠三五天的支應。現在可好，麻從吾把存糧偷了回家養老婆孩子，衣裳器物也都上了當舖，僅僅剩下一床棉被，他也拿去自己蓋了，在張仙廟作踐了一年三個月，道士師徒力絀之餘，祇好一走了之。

麻從吾這一怒非同小可，一狀告到官裡，反控道士拐盜，要求緝捕道士，倒是那些官差知道他的為人，置之不理，他又投文上去，跟縣長上告，弄成了一個大笑話。

這個怪物不說，另外有個叫嚴列星的，祇知哄賴騙

支應：花費。

力絀：力有不及。

佃戶：租借人家的土地耕種的農家。

詐，弄得人家幾畝田地，他卻自己不動工本，專揀那些軟弱的鄰舍替他作佃戶，他卻像種公田一樣，要佃戶先種他的田，才准他們處理私事。

如果遇上該雨不雨，該晴不晴，或者有了蟲災，他就到莊子口上的一座土地廟裡，指著土地的臉，一頓臭罵，再不就拿一張弓，挾了幾枝箭，對著土地亂射一通，那土地被射得滿身箭眼，一個神聖塑在那裡，原本是警惕兇頑，就算逃過官法，又怎麼躲得過神靈？

讀書人的行為如此，一般百姓，也甚是不堪：

先說那些管家，一般說來，弄點好肉好菜吃吃，帶一點回家給老公孩子，不過為了填肚皮，算不得第一等傷天害理。偏偏有些瞞了主人，偷了糧食換酒喝，灶上的東西也不愛惜，煮稀飯煮得像乾飯，吃剩的也不管多泔水：淘米的水。

寡，往泔水裡一倒，尤有甚者，乾脆倒在溝裡，沒命的糟踏。

銀匠打些物件，偏偏攙些銅在裡面，都成了沒用的東西；做裁縫的，成了一件衣裳，頭一水就綁在身上，再洗一次就可想而知了，甚麼行業都摻假，一隻瘦雞殺了，用吹筒吹得鼓鼓的，用槐花染了再賣，麵粉裡摻上泥，真是不一而足，叫人不忍說，天地不怒？神鬼包容？那真是奇蹟了。

第二十七回　惡有惡報

明水鄉的墮落，當值功曹、本家的灶神，把這些傷天害理的事，奏給玉帝，玉帝大怒，於是雨也不下，風又亂颳，七月就下霜，種種跡象，凡夫俗子渾然不覺。仍然不知檢點，從麻從吾的故事就可見一斑。

麻從吾佔了張仙廟，逼走道士之後，他又另外打主意了。打聽到明水鄉東南沈黃莊有位丁利國，靠賣豆腐維生，家中祇有一位老妻，平日樂善好施，頗肯周濟別人。

這天麻從吾在丁利國必經之路，假意號啕尋死，丁

灶神：司竈的神。
玉帝：玉皇大帝。

貢：田賦名。

利國加以問訊，麻從吾自稱家貧，無力撫養妻小，所以尋短。丁利國請麻從吾帶妻小到自己家住，並且替他找了學生，一年十二兩束脩，麻從吾一家三口進得門去，倒頭就拜，呼爹喊娘，一住十年。到了十一年，麻從吾從了貢，丁利國教他買了十幾畝地，麻從吾上京的費用，全是丁利國包辦，又替他兒子娶了媳婦。麻從吾坐滿了監，考中了通判，走馬上任之時，花光了丁老的全部積蓄，約好了變賣房地後再去依靠麻從吾養老。乾兒子盡孝，這也是佳話。

丁老兩夫婦，為了給兒子爭面子，做了新衣，僱了人向淮安進發。到了淮安外廿里，先投宿店中，等候兒子差轎子來接。跟班的到衙門碰了釘子，挨了頓打回來。

麻從吾本來要封十兩銀子，打發他們，被他妻子攔阻，祇給二兩，他們的兒子麻中桂力勸無效，哭著皇天進了屋去。丁利國拿了二兩銀子，走到宿遷就雙雙病倒。兩天之後同時逝世，草草埋在亂葬崗。

丁利國動身那天，麻中桂就開始胡言亂語，裸體發狂，衙中器皿自動，門窗自開自閉，飯鍋裡盡是狗屎。又附在麻從吾兩口子身上，或哭，或咒，鬧個不休，請了法師來，將兩老封在罎子裡，誰知遭人掘出，這回作祟得更厲害，雙雙鑽進他們肚子裡，扯腸子，揪心肝，祇是求饒打滾。後來還是鬼嫌肚裡熱，走了。說明了要在貓兒窩相候，再索性命。

次年正月，麻從吾被彈劾回籍。採水路回去，迴避貓兒窩。船過邳州三十里，只見丁利國夫婦站在岸上。一陣風似的上了船，麻從吾和他老婆，扯掉頭髮，挖出

彈劾：檢舉官吏的違法行為或失職行為。

眼珠，同時暴死。麻中桂跪地相求，那鬼說：「我兒，你是好人，不難為你！」麻中桂扶柩回到明水，成了富翁，一點善心，帶來後福。

另外那個嚴列星，連生兩個兒子都沒有肛門，活活的憋死了，第三年又生了個兒子，身上無數的洞往外淌血，就跟他拿箭射那土地公一樣，你說是不是報應？還不止如此……

第二十八回　聖君下世

嚴列星有個胞弟叫嚴列宿，跟著哥哥住，廿一歲了尚未娶妻，平日做做零工，小買賣，積攢了幾兩銀子，定了周基的女兒，定三月十五日過門，按明水風俗須親往迎娶，嚴列宿湊合著備了打扮，接回新娘。

回程路上遇著本來抓他哥哥逼稅的差人，把弟弟抓了去，新娘祇得自己上門。嚴列星乘機把弟婦睡了。嚴列宿讓縣官放回來已經是第二天，新娘心知上當，也不說破，拿了首飾讓嚴列宿即時到縣裡去繳罰款。等到深

積攢：積蓄。

夜，在房裡上吊死了。嚴列星心裡有數，做丈夫的，娘家的，誰也猜不透，無頭官司沒得打頭，唸了經在嚴家墳裡葬了。

嚴列星跟老婆商議，弟婦頭上戴的、身上穿的，也值些銀子，葬在地下腐了多沒意思。夜裡二更，兩口子帶著工具挖開墳，摘盡首飾，剝光衣服，叫老婆捲了先回去，嚴列星再把墳地復原。在他們來的路口上有座關帝廟，這關公拿了周倉手裡的泥刀，在路上砍了嚴列星他老婆，在墳上斬了嚴列星，救活的屍體，給了她衣服，指路讓她回家。

回到家裡把嚴列宿著實嚇了一跳，他老婆說了始末，在家裡也找不著哥哥嫂嫂，急忙找了鄰居，循路回去，果然找著他們的屍體，關老爺還站在墳上，手裡的刀還是血淋淋的。報了縣官把關老爺請回廟裡去，一時遠近傳頌，喧騰不已。

這明水縣的人也不警惕。傷天害理的事照做不誤，妖氣熏天，玉帝都坐不穩了，於是降下天旨，到了戡校院普光大聖，詳確議罰。決議辛亥七月初十子時，水淹惡人，又派許真君覆勘，免得玉石俱焚，株連善類。

到了五月初一，真君扮了道士，雲遊到明水，在呂祖廟宿歇，白天就出去化緣。道士張水雲貪財好色，吃酒宿娼，是地方上的一個惡徒，沒事吃飽喝足，弄張躺椅，就在廟裡死睡，見了真君也是一派胡言，沒事還要把真君趕走，真君也不理他。每天照樣出門化緣。

真君化了齋，就在人家門口唸卷經，或者到街上賣會兒藥。真君賣藥從不避人，衹在地上取些泥土，吐些

玉石俱焚：不論好人、壞人，一律受苦。

株連：一人犯罪，牽累其他人。

化緣：借募化以結佛緣。

唾沫調和，搓起藥丸。吐沫和泥，誰信他的仙丹，乾脆連齋也不肯化給他了。這天一個傢伙慌慌張張從他面前過，真君喊住他說：「你家裡的難產，把藥拿回去，讓她吃了，孩子生下來，手裡還會握住藥丸，你再拿來還我。」這傢伙照做了，果不其然，一時轟動起來，大家都來買藥，真君說：「有緣的藥到病除，沒緣的吃了也沒用。」也果如其言。

到了七月初七，真君說：「我跟你們緣法盡了，初十我就回去，要丸散的快來，不但能治病，有什麼劫難的時候擱在門限外面，可保安穩。」到了初九，不見踪影。

第二十九回　君子好禮

初九這天，原本萬里無雲，突然風雨驟來，足足下了兩個時辰，那雨到了初十，更是一陣緊過一陣，洪水排山倒海而來，有想起真君藥來的，真靈。有的打開，是個空包，也有根本忘了這回事的。地上的水足有兩丈來高，一村裡十萬人家，一陣雨水，去了七成。剩了三成。

有好些平日有善行善念的，都看見無數神將騎著怪獸在波濤裡出入指揮，這三成人家不僅性命得保，家私囤糧也一點無損。且說說那劫中眾生因果。

眾生因果：各種動物，他們在世間所種之因，所得之果。

道士張水雲，那天嫌熱，脫得精光在簷下睡，等到發水，他徒弟見他沒動靜，跑去一看，他手腳跟黏在椅上一樣，怎麼也搬不動，逐浪隨波而去，等水消張水雲連人帶椅，擱在一棵白楊樹頂上，取不下來，任鵨鷹烏鴉啄吃了三四天才掉下來，仍然黏著，衹得連人帶椅大坑埋了。

有個叫陳驊的，帶著妻子去給老丈人做壽，草草吃了點，不理會岳家留宿，死命的往回趕，原來他跟父妾有染，乘機偷情，讓海龍王請了去，長住水晶宮了。

再說那狄員外家的一些趣事。原來真君初五到了明水，先上狄家門口坐了化齋，正巧狄員外從屋裡出來，連忙請進屋去，在客房裡伺候，全照遠客的禮數。他的家人狄周，在廚房嘟囔說：「這個大官人，也不管對方是誰，請進屋來陪著吃飯，現在年頭不好，多少強盜都是扮了僧道，騙出主人打劫呢！」正說著讓隻黃蜂在右嘴角上螫了一口。等他添飯出來，說穿了，衹讓狄員外稱奇。真君在狄周嘴上輕輕一抹，疼麻俱去。狄周回家後面跟員外夫人誇說不休：「必定是個神仙！」狄員外夫人心想：「這等異人，必有海上仙方。」原來狄娘子生產之後受了寒，患了白帶症。真君飯罷，撮土弄了三顆藥丸，交給狄員外，果然藥到病除。從此大家都不稱道士，都喚做神仙。

這天真君又在狄家，薛教授探訪親家，不期而遇，也見過了禮。心想，這道人常在親家宅上，為何不上我家去？於是邀了真君。真君跟薛教授化件道袍。薛教授欣然留齋，封了三兩銀子，一雙蒲鞋，五百銅錢。真君

螫：音ㄓㄜ，毒蟲用尾針刺入。

告別而去。這天薛教授收拾箱子，所有餽贈的銀兩布匹等好好的在箱子裡，又有一張帖子，上面寫著：「莫懼莫懼，天兵管顧，大難來時，合家上樹。」

說來也奇，發大水的時候，全家上樹，見上下有許多神將在，其中一位說：「見有真君親筆敕令，不得有違。」那薛家，人人保住性命。狄員外多年行善，自不在話下了。

所以說君子要無衆寡，無小人，無敢慢。

敕令：由皇帝制定發佈的命令。

第三十回　來生復仇

前面的章回提到過那晁源的娘子，上吊的計氏。她在陰間悠悠蕩蕩，無由托生。晁源在的時候，放蕩淫邪，鬼怪在家裡還可以作浪興波。不過現在晁老夫人當家，她是位菩薩，晁梁又是高僧轉世。家宅六神有主，計氏更難托生，衹好託夢給婆婆，求她廣做道場，仗佛超渡。

一夜，晁老夫人睡去，夢見計氏穿了天藍色大袖衫，衹是脖子上綁著紅帶，向晁老夫人行了八拜之禮，說她想家想得厲害。過了幾天，又夢見計氏說她十二年不得

道場：和尚道士做法事，超度死人的地方。

回家，又尋不著替身，請晁老夫人替她超渡。晁老夫人想六月初八是她忌日，親自上墳跟她問個明白。

晁老夫人果然在初八那天上墳，燒了紙，一個旋風圍著她打轉，回家之後夢見計氏說了原委：「在通州香岩寺唸的一千卷救難觀音經，可是不曾明說，沒有疏文到達佛前，還懸在那兒，金剛經、蓮華經，還得兩千五百卷，才能托生。」說完又再三拜謝。

晁老夫人找她哥哥計巴拉，問明了計氏的生辰，選了十三日為她連做三天道場，係如計氏所請。

道場做得原是極好，做到那九分九釐之時，卻發生了一件憾事。一個法名叫寶光的和尚，忽然讓叫惠達的和尚附了身，自己了斷了自己。

原來寶光是少師姚廣孝手下的小沙彌，姚少師請了

忌日：死的日子。

小沙彌：初出家的幼年和尚。

名師教他儒、釋、道。恃才仗勢，凡和尚不該做的，他都做了千百樣。等少師失勢，他經皇上大赦，捲了珠寶，帶領妻妾回鄉，船到宿遷，教風颳沈，落得孤身，夜宿龍王廟，又遭姚廣孝在夢中收了彩筆，從此才盡。輾轉北上，不敢回鄉，才到了武城縣真空寺，當了和尚。不料當年虎邱寺的惠達，雲遊到京，吃寶光誣陷喪命，奪了他的一百零八顆紅瑪瑙念珠。所以，才有今日一報。把道場弄得少了光彩。晁老夫人擔心超渡效驗，夜裡果得一夢。

計氏仍然穿了原先衣裳，脖子上的紅帶已經不見。計氏前身原是一隻狐狸，托生人家丫頭，因為珍惜五穀，托生後做了正室。三千卷寶經超渡，托生到北京子平門打烏銀的童七的女兒。長到十八歲，仍然會配晁源為妾。

托生：人死後轉託他人身體再生。

晁老夫人問：「為什麼又替晁源為妾？」計氏說：「我若不替他作妾，這輩子的冤仇那裡去報？」晁老夫人說：「你做他妻，仍可報仇，何必非作妾不可？」計氏說：「那被射殺的狐精做了他妻子。我們做了他的妻妾，才好下手報仇，教他無處逃躲，哭笑不得，有苦說不出，白日黑夜，風流活受，這仇報的才結實！」晁夫人醒來，想起晁源將受的苦楚，不禁悲從中來，痛哭失聲。

第三十一回　世衰道微

明水一帶地方，在秋天鬧水災，收成沒了，存糧也沖失一空。誰知辛亥這場大水之後，直旱到壬子，整整一年，癸丑、甲寅、乙卯、丙辰、丁巳，連年荒下去。百糧飛漲，到了有錢無處買的地步，樹皮草根挖掘一空。偏偏這年冬天，冷得出奇，十室九空，餓殍遍野。

先是易子而食，或是剮割屍體，到了後來，骨肉六親有機會殺了就吃。甚至犧牲的人也變得心甘情願。相習成風，官府的法律也管不著了。

餓殍：餓死的人。

糴米：音ㄉㄧˊ，把米穀買進來。

張秀才有個獨子，十八九歲，趕了一隻驢，帶了幾兩銀子，往卅里外趕集，替自家和鄰居糴米。回程的時候，驢子乏了，不肯走。借宿舊識處，找了熟人捎信回家，說第二天早上回去，家人苦等不著，按址尋去，兒子同驢子熬了一鍋。把犯人押到街心，一頓板子，飢民擁上，要求不讓打壞了腿股，大家好割了來吃。

另有一個婦人到縣裡告狀，被飢民擠得跌倒在地，也沒人扶她，割的割、砍的砍，登時支解了。縣裡人追出來捉，也捉不了，亂中又犧牲了不少人命。

上述的事，當然算得上古今的慘事，也沒人思過改正，仍然和老天作對。這老天倒像做父母的一樣，明明曉得自己兒女不爭氣，卻不死心，總希望能有名師指點他突然變好，所以又差了兩尊慈善菩薩臨凡，又來救度。

守道副手：官名，分守各道，督察州縣的官員。

巡按御史：也稱作縣尉，每省遣御史到各地巡察，稱巡按御史。

一位是守道副使李粹然，河南懷慶府河南縣人；另一位是巡按御史楊無山，湖廣常德府武陵縣人。

李粹然先生，能動用的銀兩全數動用，衙裡的酒器盃盤，多的兩條銀帶，都拿來化了賑濟災民。城的四週設了四個保嬰局，每局雇用十來個婦女，凡是路上遭棄的兒童，都拾了回去，他道屬十三州縣，處處設置，倒也救活了千數兒童。

楊無山先生八月初一到了地方，也像那李先生一樣，把公費都捐了出來，院裡另開恩科，所得全數賑濟。差人到生產好的地方買五百石米來，按日施粥。各寺廟收留無家可歸的災民。到了二月間，楊先生出巡去了。繡江縣的縣官心知庫中空虛，如有一百石米，可以度過三個月。不如央求鄉紳大戶認捐，也算一項功德。於是裝

典史：官名，是知縣的屬官，掌管收發公文，兼掌緝捕。

會元：科舉時代會試及第的第一人。

訂了一本認捐的本子，寫了前言。縣官委了典史，凡是鄉宦舉人，請典史親自上門，學裡富生，煩教官募化。

那時城裡的鄉宦有十八位，會元十一人，大大的吃了閉門羹。毫無成效。這世道人心，真是不禁令人齒冷，豈是兩位菩薩救得？

第三十二回　仁人愛物

辛亥這一年起的水旱，其實不止繡江縣一處，別處的災情總有人管，或是官府賑濟，或是鄉宦上書請求免稅負，至少也有富戶出錢出糧，只有武城縣裡，鄉宦們祇當視而不見。那位徐大尹離職他去了，衙裡催糧如催命，弄得民怨四起，百姓十分裡倒死了八分。

晁老夫人見到這種餓荒，心中十分不忍，夜裡睡不著的時候，算算存糧也有兩萬。於是早早吩咐雍山莊的季春江，墳上管莊的晁住，通告莊上的居民，一家也不許遷走，按戶登錄，按口計糧，五日一支，發他糧食，莊上一家有事，不許坐視，眾家護衛。這個時候莊上時有偷竊、打劫的案件，衹有晁家的莊上，六七百戶人家，並沒有外流，他們齊心護莊，別人也就不敢輕慢。

城裡的居民，經不起日日消磨，鬧市裡幾乎沒有人烟，日月陰晴不定，沒了章法。

晁老夫人原來還寄望官府有所作為，鄉宦富室有什麼捐輸，遲遲絕無消息，衹得自己發出五千穀子來零糶給人，每人每日限購一升，那時穀價四錢八分一斗，卻衹收一分二厘一升，折算銅錢十二個。有人質疑：「四十八個錢的穀，衹收十二個，何不免費，可以得到朝廷的獎勵？」晁老夫人說：「我兩次受朝廷的恩典，獎勵也就不必，父母官、鄉宦都不理會，我一個老寡婦，也

章法：引申為規則、條理。

糶：音ㄊㄧㄠˋ，把米穀賣出去。

舀：掬取。

年成：全年中農作物收穫的情形。

不該派別人的不是。我等於一碗死水，舀乾了，還有什麼指望？剩幾個錢下來，等年成好了，我還要糴補原數，預備再有荒年！」

定了日子，叫晁鳳、晁書兩個管事，一個發穀，一個收錢，有人口眾多，一升不夠的，也不刻意限制。災民吃飽了有力氣作工，自然有了低價買穀的收入。真有殘疾年邁的，實在缺錢，晁老夫人託了兩位鄉約，靳時韶、任直合族人晁近仁、晁邦邦分設東西兩個粥廠，一日一頓，每人一大杓，足有四大碗，這四人甚為盡職，能體會晁老夫人的好意。不到十天的工夫，飢民的洶湧之勢，即已好轉，街上也陸續有人走動，似乎有了太平歲月的模樣。

有人見了晁老夫人的義舉說：「這種善舉，那些鄉宦不做，反而一位寡婦在推行，真是可羞。」於是先有做過陝西富平縣知縣的武卿雲出面響應。別的鄉宦見武卿雲參與，大家合併在各人親戚鄉宦之處，從頭年十月初一開始，直到來年五月初一為止，通共七個月，共用了二千七百六十七石米。晁夫人是九月十五起到來年四月十五止，也是七個月，共糶穀八千四百石。可喜的是，收了麥子，完成一片救人心腸，成就了一段賑荒美意。

第三十三回　朽木難雕

聖人常叫讀書人安貧樂道，但總得有個安身立命的所在，如果連稀飯也沒一口，那還有什麼樂處？倒是「學必先於治生」這句話說得實在些，這窮秀才卻極難謀生。開書舖總要幾百銀子，又怕同窗會友，親戚相知來賒，言賒即騙。去拾大糞嫌臭；棺材舖裡咬牙，恨人不死，這個賣買祇好打消；要不結交官府，或許可以走後門搞關係，如果那官有了問題，牽連進去，關乎身家性命，這也做不得。

賒：音ㄕㄜ，買了人家的東西，暫時不給錢而記賬。

設館：等於現今的開班授徒。

讀書人，還是以教書為宜，自己設館，學生的多寡，素質高低，都好自己決定。要是應聘到家，如果東家尊友，全始全終，這是上等。如果東家好，學生又好，名曰師生，情同父子，這算上上等。如果東家甚美，學生頑皮，日後墮落，又不知如何是好，撞上這種冤家，祇好受了。

話說狄員外的兒子狄希陳，跟著大夥合堂課，從八歲上學，讀到現在十二歲，高大標致，樣樣伶俐，就是讀書這件事，一腦袋漿糊。

這年十二月十五早早收館放學，叫人做鞭炮，買鬼臉，踢天弄井，無所不為。急得他老子直跳腳，這天狄員外要送份禮給親家，狄希陳連禮柬也不會寫。夜裡，讓狄員外娘子好責備了一頓。要狄希陳拿本書來，考考他，他娘翻開一頁，指著一個一個要他認，他卻拿句兒歌來矇。狄家娘子想想嚴重，決定自己請老師來督課。

狄員外跟薛教授商量，在狄員外新買的地上蓋教室，狄希陳、薛如卞、小冬哥跟狄家娘子的姪子，四人一塊兒上學。請一位增廣生員程樂宇為教席。說好管先生的飯，一年廿四兩束脩，三十驢柴火，四季禮節在外。程樂宇爽快應允。書房施工順利，正月廿六即可入學。

四個學生，狄希陳、相于庭、薛如卞、薛如兼，相于庭讀小雅、薛如卞讀國風、薛如兼讀孝經、狄希陳仍然讀孟子下篇。那三個循序漸進，祇有狄希陳，眼不看字，袖子裡藏著一雙手，不知如何舞弄才好，教了一二十遍，跟教木頭一樣。一句教了百十遍，換上第二句，第一句又忘了。回家還瞎告狀。讀書不在行倒也罷了，樹橛子：短木頭。

作弄先生，數他第一：夏天裡先生午憩小休，他就用鳳仙花染紅先生的鼻子。學堂的茅坑邊緣有根樹橛子，先生每天早飯後入廁，一天，他起個大早，拿刀把樹橛子四週削細了，留下小指粗細連著。先生入廁，四腳朝天摔進糞坑。另一天，先生友人來訪，隨他走了出去，他爬上樹去耍，先生突然回來，就在樹下乘涼，狄希陳尿急了，就在樹上尿了先生滿臉，諸如此類不一而足——秀才營生，真不容易！

第三十四回　掘金還主

當初輔佐唐太宗的尉遲敬德，封了鄂公。未發跡之前，做個鐵匠。一天有個波斯商人模樣的大漢，請他打把鑰匙，尉遲見他見生，詢問之下才知大漢原是財神，要他週濟，財神說尉遲原是大富大貴之人，目前正替他看守一庫銅錢，如有需要，寫張憑據，五更時候到村東柳樹下去搬就行了，果如其言，那幫他扛錢的，乘機竊取，那銅錢化作青蛇一陣亂咬，自己爬到尉遲家中去了。尉遲有了三百萬銅錢，輔佐唐太宗，做了開國元勳，太宗賜他一庫銅錢舊冊盤點，恰少三百萬，那張憑據還貼在後面。

前面是段趣談，卻說狄員外蓋書房的時候，還有一段插曲。蓋書房那塊地，原來是楊春所有，家貧賣給了狄員外，書房蓋好，正在打掃，正衝著書房門口有棵半死不活的玫瑰，就叫人移開。挖掘中祇聽砉的一聲，原來是個小小的沙罈，滿滿的一罈銅錢，下面還有大小銀錠。狄員外原本俠氣，大水之際受真君搭救，一心向善，打定決心，要楊春領回。

楊春也是明理的人，他說：「這枝玫瑰原來就是我種的，我怎麼就沒有這個造化，偏偏就是你挖著了，再說，我把地賣給你，已經收了錢，契約上寫得明明白白，地上地下都是你的，如今過了這麼久，房子都蓋了，你挖了幾千幾萬，跟我不相干，你老人家講仁義，顧念我窮，分幾吊錢給我，我替你念佛，一文不給，也是本分。」一個再三推辭，一個定要全給。楊春叩頭謝了。

狄員外說：「楊春，這是你的福份，好好謝謝老天爺，多行善事，神靈也會保佑你的，這是李九強掘到的，怎麼謝他，你自己決定，鄉約秦繼樓、李雲菴這兩個歪人，你倒要多小心。」讓李九強和楊春抬回家去了。楊春給了李九強二千五百三十四文錢，二十一兩四錢，足夠過生活的本兒了。喜不自勝，楊春也非常謹慎，可惜家裡有兩個不懂事的孩子說了出去，本村人人知道，鄰村也當傳奇。

果然，那兩個鄉約讓人帶話來，說他得了幾十萬金銀，理應報官，如果不分千把兩花花，要他好看。楊春

鄉約：明清時鄉中小吏。由知縣任命，負責傳達政令，調解糾紛。

祇好求教狄員外，狄員外深知光棍不擋財路的道理，讓楊春往他身上推。

幾經周折，狄員外出面，請鄉約喝酒吃飯，又拿交情套他們。在收了楊春三十兩銀子之後，不再威脅，也答應替他堵住那些無賴的嘴，敢怒的也不敢言了。

楊春買了四十畝地，細細經管，把好賭的積習也改了，賭友來勸，八個金剛也抬他不動。

第三十五回　爭牆築館

前面說了善行，這回談個劣跡。明水鄉有位教席汪為露，勉強補了個增廣生員。他父親也是位教席，偏偏時運不濟，愈教愈冷。等汪為露世襲了他父親的位置，卻是時來運轉，積年不進的老童生，一考就中，遇上科歲兩考，成百金收那謝禮，傳揚開來，成了名師，背了舊日的先生，都來就他。因而教學起家，買田置產。

起先教書，汪為露還知道虛應故事，後來手裡有了錢鈔，放利、打會、做期貨。起初還有人自動付利息，

增廣生員：科舉制度中生員名目之一，後又於正額之外增加名額，稱為增廣生員。

世襲：把爵位傳給子孫。

老童生：上了年紀卻屢試不中的秀才。

虛應故事：按照老例，敷衍過去。

漸漸要人催討，最後自己親自上門，一月卅天，倒有廿天在衙門裡打官司。自己又是會友，平添許多應酬，今天給張家賀新居，明天李四祝壽，今天趙甲請酒，明天錢乙賞花，要他在書房靜坐片刻，簡直作夢。四節裡誰家禮送少了，他能上門罵人十來頓。要是學生相機換了先生，他就在背後破壞學生的操行，自己打了學生，還要父兄來賠禮。

汪為露的鄰居侯小槐，開了一家藥舖，他把侯家的界牆當成自己的，以牆為牆蓋了五間平房，過了幾年，他硬說牆後面還有他的基址，要修條夾道，要侯小槐還他地基，領了一班徒弟一狀告到縣裡，侯小槐也遞了訴狀，說侯家的房子住了兩代，汪秀才是新屋。縣官查明，斷了汪為露折屋還牆。他又哀求依舊借牆房屋免折。縣官答得好：「借牆蓋屋原是為情，你呈狀告官，衹好講法。」到了門外，汪為露還作勢打人，差人勸住了才罷。要他折屋交牆，他要撏毛，啃鼻子，摳眼睛！氣得侯小槐臥病，他又散了頭髮，脫了上衣，睡在侯家門外溝裡撒潑罵人。平日偽裝老成道學，這回可讓人看透，丟盡顏面。

假道學的面孔被戳穿，還有另外一樁醜事。汪為露有聽壁的惡習，一天深夜，聽到屠戶人家兩口子在行房，聽得高興，咳嗽了兩聲，屠戶追趕不及，讓他溜了。誰知第二天他又摸了去，屠戶聽見響動，跟娘子暗中示意，娘子故作淫聲浪語，屠戶拿了打豬的挺杖，悄悄掩到，拿出綁豬的手段，一把掀翻，拿了杖從背上打到腳後跟，打得他爬了回去，左鄰右舍，聞聲而至，顏面盡失。

撏：用手指挖取。

假道學：滿口仁義道德，卻是裝出來的，好把真面目隱藏起來。

挺杖：直的木杖。

狄希陳換了先生，汪為露記恨在心，帶了兒子小獻寶，雇了光棍朱國器、馮子用，把程樂宇在下學途中，打個鼻青臉腫。把程樂宇告狀，先遞了狀子，縣官斷得真切，把小獻寶等三個，每人卅板，汪為露罰磚五萬。臨行又查詢侯小槐事，知悉前情。又加罰磚三萬。叫人押了，拆了房子，歸還了界牆。這等人，豈非儒者之羞？

第三十六回　節婦孝子

讀者還記得春鶯？就是晁知州的妾。父親裁縫沈善樂，原籍江西，在武城縣謀生。武城縣的縣官，花了十七兩銀子，買了紅紵絲回來，要做一套圓領。因為是他自己心愛的衣服，親自看沈善樂下剪，害得他沒法偷布。在縣官不在的時候，大動手脚，袖子短了，襬也窄了。等到二十九才完工送去。

次日元旦，縣官拜過了牌，要換紅圓領各廟行香。手往外一伸，露出半截，下襬露出襯裡，把縣官氣得說

紅紵絲：紅色可以織布的一種麻。

拜牌：清制，各省府州縣，遇慶典及規定節日，於公所正中設龍牌，官員依次行禮，謂之拜牌。

不出話來。本想把裁縫打上四十大板，驅逐回江西，幸得縣官夫人講情，讓沈善樂賠一套算了。免得大過年裡不吉利。

沈善樂想起恩縣裡一位鄉宦養病在家，身長三尺，短短的一雙手。初七那天生日，他把縣官的那套衣服改好親自送去，鄉宦大喜，足足送了二十兩紋銀。帶了銀子到臨清去買紅紵絲。往袖子裡一摸，那裡還在，原來遭人扒了去。這下非同小可，縣衙裡催逼一陣緊似一陣。無可奈何，祇好把十一歲的女兒賣了完官。

剛好碰上晁夫人要個使女赴任。臨別母女倆哭得死去活來，晁夫人聽了賣女緣由，足足給了十六兩。晁夫人待春鶯如同己出，所以後來才由晁老收了作妾，晁老過世，春鶯守喪滿了三年，沈裁縫的老婆，有意叫春鶯改嫁，跟晁老夫人商量，春鶯說：「奶奶有了年紀，哥哥又還小，叫我嫁了人去，你這是瘋是傻？」因而作罷。晁夫人說：「你既然不嫁，這是你心地好，我年紀已高，還有多少日子？我再替你當個四、五年的家，你也有了歷練，就全交給你。」

說著說著，春鶯三十歲，晁夫人七十四，小和尚十四歲。長得唇紅齒白，很能讀書，文章也接近水準。文定了姜副使的么女兒。

到了二月底，晁夫人到雍山莊看新房子上樑，天氣突然變熱，脫了棉衣，沒有夾襖換，冒了風寒，結結棍棍的病了，春鶯得到消息，帶了小和尚急忙趕到雍山莊。

晁夫人的病情不見好轉，小和尚心想：「聽人說長輩有病，醫不好的，祇要子女把手臂上的肉，割下熬湯，

副使：官名，唐時節度、觀察、團練、防禦使都有副使，是正吏的屬官。歷代派遣到外國去的使臣，多設副使為正使的助手。

服下必癒，而且不能讓長輩知道。」於是拿了刀，外傷的藥，往土地廟去，那廟地點靜僻，沒人打擾。進了廟門，只見地上有張帖，撿起來看，上面寫著：「汝母不過十二日小病，今晚三更出汗，孝子不必割股，反使母悲痛。」就在神前磕了頭，許願說：「母親好了，神前掛袍，吃三年長素。」

晁夫人仍然發高燒，燒得見神見鬼，到了夜裡三更，出了一身大汗，漸漸沉睡。漸漸也能吃喝，病全好了。小和尚才說出前情，大家都覺得稀奇。

割股：封建時代以割股療親為至孝。

長素：長齋。

第三十七回　露水鴛鴦

狄希陳除了讀書不行之外，其餘的心性跟生猿野鹿一樣。先跟汪為露這種無賴老師，父親又甚為溺愛，幸好母親還有些家教，又換了程樂宇這位老師，盡力教導，比原先長進多了。

這年各州縣考試童生，狄員外很想讓狄希陳去考考看，程樂宇認為他還不夠水準，不太同意，薛如卞和相于庭認為，一人替他作一篇文，不算難事，程樂宇祇得同意。

作保：當保證人。

具結書：立了結的字據。

薛如卞入籍不久，有人要檢舉他越區就學。程樂宇的妻兄，連才，是位舉人，字春元，對薛如卞甚是喜歡，有意把女兒許配給他。連春元的兒子連城璧是縣學廩生，就讓他作保，連春元的夫人非見過不可。程樂宇就要薛如卞親自送具結書到連家去，連家人見他面貌俊秀，舉止有節，都十分中意，作保的事更不在話下。

薛如卞、薛如兼、相于庭、狄希陳，坐成一堆，都考取了。不到兩天，縣裡造了冊子，送府學考，由程先生押著四個學生，帶了家人，廚子到濟南。住在連家親戚的房子，孩子們初到府城，心癢癢的，老師衹得放他們的假，讓他們出去玩耍。

狄希陳走到趵突泉西邊一所花園前，內急，扯開褲小便，誰曉得亭子裡有位十六七歲的姑娘，看見了，直朝亭裡喊娘，羞得狄希陳轉頭就跑。狄希陳把這事跟其他幾個說了，大夥起鬨回頭去看，被那女子調笑一陣，牽著狄希陳進屋坐了，請他們喝茶，吃水果。這才告辭。

第二天，準備了酒菜，一行前去遊湖。正巧遇著那個閨女，大家又調笑了一番，把狄希陳羞得抬不起頭來。船身相錯，那閨女又在他身上捏了一把，彼此都有情意。狄希陳隔了一天，實在熬不住了，背了大家，跑到閨女家門外張望。那閨女招了他進屋，原來那閨女叫孫蘭姬，兩人繞著圈子說話。狄希陳想要又不敢，孫蘭姬誘導上了床。從此，一有機會，哄了老師就往孫蘭姬那兒去泡。

府考來臨，出的題目是：「文不在茲乎」，和「王欲行仁政，則勿毀之矣」，還是照老法子，大夥替狄希陳做了，由他抄錄。考完，狄希陳早早交卷，兔子似的跑到孫蘭姬那兒去了。考完就要回家，兩人難捨難分。不過如果這回考取，還要來進道，還有機會相處。又怕老師查問，急急的回到住處。等著第二天打道回家。大家都高興，祇有狄希陳心中叫苦。第二天一早，包了二兩銀子，準備送給孫蘭姬，正巧在路上遇見，彼此執手，淚眼相對，孫蘭姬也從頭上拔下金耳挖相贈，黯然別離。

進道：到道裡參加考試。道，清朝分一省為數道。

第三十八回　猜題上榜

程樂宇帶著四個徒弟、五個僕人，從濟南回來，離了父母二十多天，考試成績又好，都歡天喜地，祇有狄希陳飯也不吃，笑語全無。大家都以為他病了。直到回家。

第二天就一塊兒到了連春元家，連舉人看了大家的卷子，認為都會錄取。連春元又擬了十個經題，十個四書題，叫四個學生進道，先作準備。

不久，消息傳來，薛如卞第一，狄希陳第二，相于廷第四，薛如兼十九。慶功完畢，第二天就上路府考。

行藏：舉動。

狄希陳一到，轉眼不見，三腳兩步，奔到孫蘭姬家去了。正巧她不在，衹得回來。程樂宇說：「府考不同往昔，要加緊準備。」程樂宇自己也要參加歲考，自己帶頭，學生們自然也十分努力，狄希陳衹好起五更，推說解手，往孫蘭姬家裡趕個熱被窩。老師查考，他也應付得宜，從未露出行藏。

一連在老地方住了十九日，才考到繡江的童生。到了考的那天，起了大早，到了道裡，挨次點名就座。狄希陳單獨坐在一處。他還記得老師的囑咐：「剛好出了你準備過的題目，那是造化，如果不會做，也千萬不能瞎猜，寧可裝病。」心裡七上八下，也不想孫蘭姬了。等著出題。

題目出來，四書題：「不圖為樂之至於斯也。」狄希陳樂得比見了孫蘭姬還高興。原來連春元在他擬的題裡，上面劃了五個圈，狄希陳早已背熟，一字不易的默寫了。候到經題出來，出自詩經：「宛在水中央。」連舉人在這個題目上也是五個圈。程樂宇也盯著他默了背，背了寫。心裡著實感謝老天，也得意，寫得整整齊齊的交卷。主考官問了些應考的話，准了進學。等跟頭三十名交卷的出了考場，還沒到中午。東張西望發現並無家人相接，一口氣跑到孫蘭姬家去了。

孫蘭姬早知他會去，準備了吃喝，狄希陳飽餐一頓，這才回到學道門口，大家的成績都好，萬分高興。

薛如兼想念母親，由家人領回，剩下三個，都說要陪老師歲考，就都留下。狄希陳抓住機會，衹跟孫蘭姬鬼混，卻也奇怪，孫蘭姬沒騙他的情，老鴇子也沒坑他銀錢。

過了十幾天，繡江縣的童生折號，相于廷第一，第三薛如卞，第七狄希陳，薛如兼十六。師生、親友同樂。

隔了幾天，繡江縣的生員也折了號，程樂宇是一等十一。新秀才也覆試過了，狄希陳第七，該撥縣學。他捨不得孫蘭姬，背著薛如卞，遞了呈改撥了府學。別人都回去，狄希陳一直流連孫蘭姬，狄周連哄帶騙回去。

第三十九回　惡報其親

狄希陳回家，按禮拜了師長，一時找不著理由回濟南去，程樂宇督課又緊，暫時無計可施。

再說他那位惡師汪為露。前面敘述過的那些劣跡，明水的人大都躲著他。不料，他的妻子死了。吵著要再娶。就找了媒婆來，到處去說親。自己的私生活也更不老實。

有一個鄉約魏才，有個十六歲的女兒要許配人家。魏才認為汪為露有點錢財，又是鄉里裡的土豪學霸。這

土豪學霸：地方上有錢有權勢的人。

婚事也就一拍即合。擇日過門。新婦雖無落雁沉魚之姿，卻有幾分姿色。汪為露自此耽於色慾，弄得一張臉發青，兩眼深陷，整日咳嗽不已。又怕新婦嫌他衰老，弄把尖嘴鑷子，撏鬢上白髮，嘴上白鬚，成了鬼模鬼樣。村人都巴不得他早死，大家圖個清靜，他卻胡作非為，甚於平日。

程樂宇的四個學生都進了學，謝師禮金一定豐厚，心裡就像有蛆在翻攪，就放些村言粗語，要找麻煩。狄員外平日就厚實，於是備了八樣葷素的禮、一疋紗、一疋羅、一雙雲履、一雙絨襪、四根手巾、四把川扇、五兩紋銀，寫了禮帖，讓狄希陳穿戴整齊，帶著一齊去拜望他。汪為露嫌禮輕，在屋裡一陣痛罵，把拜帖扔在門外。狄員外也惱，說：「我禮已送到，官司打到皇上哪

鑷子：拔去毛髮的金屬器具。

撏：音ㄒㄩㄣˊ，摘取。

一疋羅：一匹羅，羅是一種輕軟的絲織品。

雲履：美麗的鞋子。

禮帖：贈送的財物書寫成帖。

兒，我也沒有罪過！」

等狄員外回去之後，汪為露又後悔得很，差人到狄家去幾番催討，狄員外死了心，再不理會。汪為露氣得更不成人形。性情更為乖張，真是千人唾罵，骨肉叛離。

骨肉叛離：親如骨肉卻相互纏鬥。

主考官在省裡考完，要經繡江到青州去，汪為露又遞上狀子，告狄員外不尊師道，還拔了他的鬍子等等，主考官查詢了縣官，得悉真相，本想重責汪為露，看他做過老師的份上，衹批了不准他的狀子。原諒了他的誣告。

私下報復不得，告官又不成，這天騎在驢上，愈想愈恨，吐口鮮血，一頭栽倒，不省人事。他兒子正在廟口上賭錢，全不當回事，還是他老婆拿錢雇人用門板抬他回家。

汪為露病倒之後，一來捨不得花錢治病，再來他兒子小獻寶盡賭錢，也不去替他拿藥，病情益發沉重。病成這樣子他還要拿繩子，逼著小獻寶到狄員外家門上吊，好訛詐。小獻寶全不理會，說些冷言冷語氣他。然後一溜烟不見，他老婆魏氏也巴不得他早死。

汪為露拖著，漸漸也就不行了，魏氏把小獻寶找了回來，商量後事，小獻寶正好輸了錢，讓人催債，急得像賊似的，趕上這個機會，弄得銀子到手，翻本去也。

魏氏在家，一天兩天的等，全沒消息。一遍二遍的牛頭馬面，連兒子也沒送終，就此去了。

送終：伺候將死的人。

第四十回　細說前因

狄希陳回到家裡之後，一心祇想往濟南府去，苦無藉口，這時恰好本府太守陞任河南兵道，這位當日的主考官有了喜事，就唆使薛如卞幾個，一同親往道賀。狄員外，薛教授為他們準備了賀禮，到了濟南府，仍然在連舉人親戚家住下。狄希陳仍然是一溜烟不見，又會孫蘭姬去了。狄周知道他的行踪，忍住了沒說。

第二天，四個小秀才，依例上禮祝賀，皆大歡喜，事完，薛、相都願意趕回去，狄希陳卻躲在孫蘭姬家裡，

太守：古時的官名，就是一府的長官。
兵道：清朝掌管某區域的軍事主管。

狄周去找他，他就是不肯。

又拖了一陣，狄希陳乾脆約了孫蘭姬到住的地方，如魚得水，恩愛非常。狄周一看，太離譜了，就悄悄託人捎信給狄員外，說了如此這般。狄員外一向溺愛，隨口罵了兩句，狄家娘子卻是決定親自走一趟，當面收拾他一頓，私下還想連孫蘭姬一併打發。

第二天起個大早，家了牽了牲口，一路往府裡去。狄員外再三囑咐，不得傷了孩子，吃了狄家娘子一頓排頭，祇得乾著急了，一路無話。

狄希陳聽見娘的聲音，嚇得臉黃腳軟，孫蘭姬聽了，急忙迎上前去，替她撣了灰塵，倒頭就拜。滿肚子的惡意冰釋，見到自己兒子那個模樣，惱怒都變了可憐。正在不知如何下台的時候，卻來了位六十多歲的姑子，作

撣：拂去灰塵。

姑子：尼姑。

了自我介紹，希望能隨意佈施，要為佛重塑金身，也能給子女積福。狄娘子說了兒子的不是，那尼姑看了看兩人說：「他們倆前世欠的姻緣，今生來還。」那尼姑還說狄希陳很容易落枕，猛回頭又容易扭了筋。都因為前世偷人老婆吃了虧。說那孫蘭姬跟狄希陳祇能再有兩日緣份。原來是別人的妾，往泰山進香，路上挨了冰雹，得病死了，如今遇著下雹，身上還疼，又說狄家娘子前生誠心伺候大老婆，現在站久了還腿疼。果然絲毫不差，彷彿親見一般。

狄家娘子忍不住問狄希陳娶媳婦的事兒，那姑子說：「別指望太多，只是個媳婦罷了，你兒子，天不怕，地不怕，他單單就怕這個媳婦，就怎麼讓她，也難得安穩。」狄家娘子說：「這親可以退嗎？」姑子說：「閻王差來

塑金身：塑造佛像。

落枕：意指容易和異性上床。

托胎投生的，怎麼躲得過？」狄家娘子說：「如不害命，隨他去，到時另娶妾過日。」姑子說：「他命裡有妾，說來妾跟他娘子一對，夠他招架的。」那姑子的言語，說來靈驗，狄家娘子許了後約，布施銀錢。決心這兩日到岳廟、北極廟，也不叫狄希陳隨行，讓剩下的兩日緣圓了。等狄娘子回轉，才知道，一間當鋪出了一百兩銀子，收了孫蘭姬和那鴇子。孫蘭姬揮淚又送了金耳挖，別過。約在十月初四差人來接活神仙——那姑子。

布施：佛教語。施捨財物救濟貧人。

活神仙：稱料事如神的人。

第四十一回　生死一場

狄家娘子領回了兒子，狄員外見母子均無異狀，這才放心，岳母也來探訊，狄家娘子說了始末，大家都樂，也誇那姑子是活神仙。

汪為露自從那日死後，四處找不著他兒子小獻寶，虧了魏氏的父親魏才賒了布做了衣裳，賒了棗木棺。到了第二天小獻寶才從城裡賭輸了回來，還跟著兩個要賭債的，看見家有喪事，這才罷手。

小獻寶回家之後，罵衣裳，罵棺木，罵得他繼母不敢出聲，祇是哭。魏才剛巧來家，兩人吵了起來，那屍體不曾入殮，快近入冬時節，也不知為什麼狂風暴雨，大雷霹靂，把汪為露的屍體震得爛泥一樣。

汪為露的學生金亮公和一些不記仇的學生，把喪禮辦妥，等秋收後出殯。好容易做完喪禮，小獻寶日夜出去賭錢，輸了就拷逼後母要錢，入殮尚無著落，還是金亮公找上宗光伯一同商議。決定辦公祭，上私禮，禮簿傳出去，大家都曉得他倆是好人，也都簽了名認帳。狄希陳在出殯那天，認了八兩銀子，加上其他同學總有五十兩出頭，全交給魏氏，免得又淪為小獻寶的賭資。

在行禮的時候，為了汪為露的五七，那天出殯，狄希陳哭得死去活來，別人為禮，他為情：在路上，有母親不敢，到家，更不敢了，不指望哭先生，哪裡哭去？

拷逼：用刑具來打。

這狄希陳好好的哭了個夠。

讀者還記得侯小槐，跟汪為露為爭產有仇，賣了祖產，另行居住了，正在此時斷了弦。魏氏的父母希望促成姻緣，就決定在喪禮之後，即刻成婚。

就在行禮當時，侯小槐脫了素服，魏氏也脫了素服，放在墳上。小獻寶看得傻了眼。才問：「你嫁給誰，總要讓我知道，難道一毛不拔，就乾乾的走了，是何道理？」魏才的父親說：「我女兒年紀太小，雖是母子，總不好看，我又養活不了他，祇好嫁給侯小槐了。我當初沒收你家的禮，就是收了，你做兒子的，也不能賣母親。」說著，遠處來了八個吹鼓手，抬著魏氏上了轎子。

素服：喪服。

第四十二回　妖狐作怪

汪為露在世的時候，紮實的欺負過侯小槐，佔了他的地，官判了歸還，侯小槐還不敢開口索回。讓汪為露糾纏得怕了，乾脆把原來的房子賣了，躲開他。不敢吭聲。

等汪為露死了，侯小槐一改往日，逢人就痛罵汪為露，數落他的不是。媒人來說媒的時候，侯小槐轉念一想：「汪為露的老婆自己守不住，要嫁人，我娶了她，也可以洩恨！」開始就心術不正。

那魏氏雖說跟著汪為露不久，也是夫妻一場，私裡頭也佔用他不少的銀子。卻毫不留情面，就在墳上上了花轎，做出恩斷義絕的樣子。

侯小槐跟魏氏成婚以後，仍然罵汪為露，還虧魏氏以死要脅，這才好了些。不久小獻寶輸得急了，把汪為露原來的房子賣給了侯小槐。他把自己原來的房子也買回來。打通了，住得寬敞，住了沒兩天，不是侯小槐就是魏氏，總看見汪為露的影子。屋裡不時有屍體的氣味。地上有個人的形跡，天晴溼的，天雨乾的。只好搬回去住了，搬了家也沒完：丟磚撩瓦，鋸房樑，砍門扇，夜壺鑽洞，飯菜撒上糞土，討饒禱告，許願燒紙，一概無效。

不久，又附在魏氏身上，百般作踐自己，還要畫了他的像，當神祭拜，說他是玉帝封的天下遊弈大將軍。每天供奉白煮雞蛋三十枚，一斤燒酒，轉眼供品就不見蹤影。隔了一陣連魏氏也霸佔了，不許侯小槐碰一下，後來連話也不許說了。

金亮光、宗光伯這班舊日門生，聽說汪為露有這等本事，心中不免起疑，就結伴而來。他們在神櫃前施了禮，神櫃裡果然說了話，好好的感謝他們，幫忙安葬，並且說如今擔任遊奕大將軍，統領紀善靈童三千，一萬名紀惡靈童，一百萬巡察天兵。說不完的大吹大擂。幾位同學心中都不以為然。決心考他一考。

宗光伯說了：「先生在時說過『鬼神之為德』這章書，講得極為透徹，還請先生再講一次，我們都忘了。」神櫃裡祇是不作聲。金亮光心中有所了悟，不等宗光伯開口，就說：「先生不肯講這一章書，把『狐狸食之』的一句講一講。」祇聽一聲大喊：「被人行藏看破，不

靈童：通靈的孩童。

可再住，我去也！」說著，衝出一隻大狐狸，望風而逃，從此侯家安寧。

好容易安靜了一陣，朝廷開恩科，叫人納監，告示貼了一個多月，沒人響應。有學問的不理，有錢財的，官府又不敢惹。聽說侯小槐從魏氏那裡弄了不少錢，非逼著他參加不可，捐錢得官，何樂不為？可憐侯小槐根本認不得幾個大字，豈止心虛。那官府催逼一日勝似一日，還虧得魏氏的父親幫忙說情，花了錢兩，託了人情，才打點完了，湯裡來，水裡去，單單落得一個老婆。

恩科：清於尋常科舉外，遇朝廷慶典，特開科考試，稱恩科。

納監：明代准許人捐納錢財入國子監，由普通身分納捐的稱例監。

第四十三回　姬嬋脫殼

晁住是晁家的家人。晁源跟小珍哥火熱的時候，晁住就已經在傳信、遞錢。在晁家唱戲的時候，大大小小的事也是晁住經手。跟戲班子裡的女弟子都有勾搭。

小珍哥入獄之後，晁源在世之時，從上到下，沒有不受重賄的。所以小珍哥在牢裡不曾受過什麼苦。那晁住也就飽餐，刑房書手張瑞風，垂涎已久，苦無時機。後來晁源在雍山莊，戀了小鴉兒的媳婦，吃那小鴉兒殺了。小珍哥失了靠山。晁老夫人禁止晁住進監，趕到雍山莊去看房子，把獄中兩個丫頭調回來，各許了人家。雇了也在坐監的一個犯人，專門伺候小珍哥。

前面提到的刑房書手張瑞風，見時機成熟，到了牢裡，把小珍哥著實的拷打，意在降服，以便成事。那服侍小珍哥的囚婦，也把往日的情節說了。

黃昏之後，獄卒來暗暗交代了囚婦，囚婦自己躲到廚房的炕上睡了，也不曾閂得外門，等牢裡大都睡熟，張瑞風只穿著簡單的衣褲，摸進小珍哥牢裡，看見小珍哥脫得精光在熱炕上睡著，也就如此如此、這般這般，小珍哥拿出混身解數，侍候到了天亮。從此，這張瑞風放了色膽，命也不顧，衹在牢裡廝混。

十月初一，晁夫人生日，小珍哥做了一雙壽鞋，叫人送了出來，晁老夫人感動不已，備了酒食，預備找人

閂：關門用的橫木。

送去，晁住由雍山莊來拜壽，就自動動了食盒進監，仍想重續前緣，小珍哥勉強應付，晁住還想過夜。正好張瑞風氣勢洶洶的來了，原來兩人稱兄道弟，這時節，局面自是不同，活生生把晁住趕了出去，自己跟珍哥調笑、吃喝，然後睡了，不在話下。

晁住吃了張瑞風的凌辱，回到晁老夫人面前，祇是添油加醋，說那兩人的不是，晁老夫人打發晁住仍然回雍山莊去，另差晁鳳備了米麵衣物送去，傳話讓小珍哥為晁源留些顏面。晁鳳一五一十都說了。那小珍哥又哭又發誓賭咒，再三表示自己的貞烈。

不久，到了冬至那天，一時監內火起，典史不在，張瑞風張皇督導救火，那火也不延燒，就在珍哥房內，房子燒成灰燼，屋內一具焦屍。

次日，縣官來，張瑞風挨了十五板，典史驗了屍，准家屬領回埋葬，晁鳳銜命，使了銀子，備了衣裳棺木，把屍首運到真空寺，入殮成服，臨走，牢裡的囚婦沾過光的都垂淚不止。

人死，不能復生，妖精怪物如何，容後再敘。

第四十四回　閨女著魔

古時男子三十而娶，女子二十而嫁，正是合乎天道人倫。誰知道那狄希陳，雖然母親管得嚴，才十六歲，偏偏遇上孫蘭姬，千方百計兩人成了好事。雖然那尼姑說得一點不差，狄希陳回家之後還借著汪為露的喪禮，死活哭了一場，要讓他卅而娶，這十幾年還不知道要惹多少禍，古禮怎麼依得。

於是，他母親拿定主意，擇在十一月下聘，過了年的二月十六日完婚。備了禮，下了聘。家中做各項預備，

下聘：男女訂婚時，男方送女方禮物、金錢。

吃喝、服飾、禮物一樣不缺，房舍也打點整齊。薛家也不例外，做了嫁女的準備。

定親那天，狄家娘子看著媳婦，溫柔雅致，嬌媚妖嬈，心裡暗自歡喜。想起姑子的話，不禁起了懷疑。神仙也有算不準確的時候。

光陰如矢，到了十五，兩家早已做了周全的準備，夜裡在婆家鋪了床回去，薛教授把夫婦之道，翁姑之禮等等都細細的說給素姐聽了，看看天晚，才讓素姐睡了。

翁姑之禮：媳婦與公婆相處的禮節。

一家人還在忙亂，只聽素姐在夢中高聲喊叫，不停怪哭。母親把他叫醒，久久才能說話，素姐說：「我夢見一個人，兇神惡煞似的，一手提顆心，一手拿把刀，說：『你明天要到他家去了，用不著這好心了，換這顆心去吧！』剖開我的胸膛，換了我的心去了。」她母親安慰著說：「夢凶是吉，夢凶是吉！」安慰到天亮也沒睡。

聽見外面鼓號喧天，薛教授親自接了女婿進門，酒過五巡，餚陳三道，催新人上轎。狄希陳簪花掛紅，素姐彩轎隨後，連夫人、相棟宇娘子緊隨，薛如卡、薛如兼也都穿了禮服，乘了馬，送姐姐。新人到了狄家，拜了天地，挑了蓋頭，引入洞房。

賓相在旁禮贊，素姐看那賓相跟野人似的，已經一肚子不高興，忍住不說，等賓相唸詩，免不了村言村語，讓素姐活生生的趕了出去！

到了吃飯時候，素姐也不理睬，說：「飯臭了，收拾拿下去！」他兩個弟弟來辭行告別，素姐說：「乾脆你們也嫁給狄希陳好了，不用回去了！」嚇唬得兩個弟弟，拔腿飛跑。

薛夫人悄悄的在屋裡對素姐說：「你在家那份兒溫柔那裡去了？新媳婦就罵人，又辱罵女婿，忘了你父親怎麼教你的！」素姐說：「看他們能把我蒸來吃了？我一看見他們就一肚子氣！」薛夫人衹是勸，頭天過門，討個吉利，素姐答說：「到了晚上，我老早關了門，不叫他進屋！他要是敲窗打門，惹得我不耐煩，放他進來，痛快地打他一頓！」

第四十五回　乘機取鼎

到了上燈的時候，狄希陳謝過親之後，賴在母親房裡，他母親讓他去陪新婦，狄希陳只是磨蹭，又催了兩三次，狄希陳說：「我不知道為什麼，看見她就背上冒冷汗！」再三催促，狄希陳才回房去，試著推門，門是閂著的。他放聲叫門，陪嫁的丫頭小玉蘭，要去開門，讓素姐一巴掌打翻在地。

狄家娘子聽見叫門，跑到外面來察看，也幫著叫門，素姐祇是不應，祇好帶著狄希陳回自己房裡。狄員外問

磨蹭：做事緩慢拖延時間。

起，她說：「真叫那尼姑說準了，沒見過這種事！」狄員外說：「在家嬌生慣養的，不知好歹，隨他去吧！」狄家娘子不死心，再去察看，沒想到連院子的門也給門上了，祇好嘆氣而回。

第二天一早，狄員外到四野看過田，狄家娘子纏了兩捲線，還不見素姐起床，一覺睡到中午，薛家娘子來，也不見女婿影子，十分為難，知道了昨夜的事，更為難堪。在女兒房裡備了酒菜，叫人去請狄希陳，那狄希陳說了一堆橫話，就是不肯。狄家娘子怎麼勸，他也不聽，跟他母親說：「還不如到府裡去把孫蘭姬從當鋪老闆手裡奪回來。」薛家娘子也不好意思，祇得回家去了。

薛教授聽完了說：「我懷疑她真是讓人換了心去了，在家當閨女時，判若兩人。」薛教授的妾龍氏直打轉圜

橫話：說話蠻橫不講理。

說：「等他熟習了，就好了。」

晚上，薛夫人又讓薛三槐娘子送了飯去，狄希陳就是不肯進房。薛三槐的娘子替他出主意：「你進屋去吃了飯，就不出來，關上門，還不是聽憑你擺佈。」狄希陳想想也有理，進去吃了飯，坐著不走。素姐說：「你去關了天井的門，坐著發什麼呆？」狄希陳信以為真，前腳出門，素姐關了門，拿桌子頂住，任憑狄希陳又打又踢，又拿磚敲，素姐祇是不理不睬。狄家娘子聽見也來幫腔，仍無結果，祇得回母親住處去睡了。

第二天，薛家知道女婿又被關在門外，著實的責備素姐一頓，素姐說：「我見了他就有氣！恨不得生吞了他！」家人也奈何不得。

這天，薛三槐娘子送了食盒和燒酒來，狄希陳甚是不解。薛三槐娘子說：「素姐原本一口黃酒就醉倒，現在兩大碗還覺得不夠。」又傳了他一些招式。當天夜裡，狄希陳自己弄個舖蓋，在桌上睡了。素姐就那食盒，把整瓶燒酒都喝光了，這才上床，沈沈睡去。原來狄希陳裝睡是計，上了床，成了周公之禮。那素姐求饒，動彈不得，狄希陳拿出打孫蘭姬哪兒學的本事，漸漸的，素姐有了些溫柔。

第四十六回　牛欄認犢

晁老夫人的兒子晁梁，甚得他和春鶯的喜愛，七歲的時候，就請了武城縣縣學的名士尹克任啟蒙，一直教到十六歲，晁梁資質平平，尹克任教法不夠善誘，晁梁祇落得個半瓶醋。晁梁初次應試，縣裡取了，府考全承他丈人姜副憲的人情，算是榜上有名，那學道的宗師徐文山，曾任武城縣知縣，替晁梁起名字的就是他。

到了考試那天，點名點到晁梁，說起以前取名的事，也問候了晁老夫人跟春鶯。考題是「故舊不遺」，「取

二、三策而已。」晁梁交卷面試，徐宗師勉勵有加，允許他進學。過了兩天，武城縣的童生，晁梁第四，晁老夫人，丈人姜副使都覺得很體面。

武城縣裡有個混混魏三，四十左右，賺了些不明不白的錢，在縣前開了家酒館，又在隔壁開個小雜糧舖，日子過得不錯。

這天魏三跑到晁府，正碰上晁鳳，晁鳳在縣裡辦事，常在他酒館借坐，彼此也認識。打過招呼，魏三要找晁梁，晁鳳覺得奇怪，問他理由，魏三說：「晁梁原是我的兒子，那時家貧難以度日，三兩銀子賣給你家，由徐產婆抱了來的。」晁鳳祇是不信，魏三一口咬定，說晁家當年為了有人要繼承財產，才出的這個主意，現在的宗師，當年的知縣，魏三也認為她們做了手腳。

晁鳳把前情稟告了晁老夫人，決定請姜副使來評評理，讓晁鳳去請。姜副使來了之後，跟魏三談了許久，魏三還是那個說法，姜副使說：「我是他丈人，既然如此，我不跟你做親家，我要退婚。」又問說要是晁夫人不肯又當如何。魏三決定告到官裡。

姜副使讓晁鳳傳話，表示退親，還責備媒人騙他，說晁家拿買來的孩子辦他家閨女。魏三原是那媒人妹妹的外甥，媒人找了去理論，也不得結果，衹好帶著原定的禮物要晁家說明姜副使的意思。晁家上下雖然氣得要死，也就還了禮物，退婚！卻不知這是姜副使先要拿著魏三把柄。

那魏三找人寫了狀子，真給姜副使一份副本，到晁家又囉嗦一陣，讓晁鳳數落了一陣，衹好告到縣裡。

稟告：對尊長或上級人說話。

把柄：用以對人交涉或要挾的憑據。

數落：列舉過錯而責備。

縣官姓谷，傳了魏三、晁梁、徐產婆等問話，那魏三堅持要領回孩子，任憑多少錢，他也不肯。徐產婆說了當年故事，縣官也不理會，晁鳳在旁插嘴，挨了一頓板子。最後判晁梁生子之後，留一子給晁家繼承香火，然後歸宗。晁梁聽了宣判，祇是號哭。說：「光棍明說詐錢，望尊師再斷！」手下們把一干人等全給趕了出來。

第四十七回　犀燭降魔

谷大尹的判決使得，晁夫人要告狀，晁思才、晁無晏另有話說，魏三得意非凡。

正在此時，晁老的幕賓邢臯門，現已調任北京兵部侍郎，路過武城，要到晁家墳上致祭。邢臯門感謝當年善待，彼此執禮甚恭，互有餽贈。又請姜副使來陪。等墳上祭完，到了雍山莊入席。席間姜副使把魏三冒認告狀，縣官不問詳情判案等等相告，晁鳳也把晁梁如何投胎，當時縣尹如何命名等稟告。眾人也敘了舊。邢侍郎

執禮甚恭：所行的禮節十分恭謹。

主張晁夫人告到道裡。他會寫信給學道。谷縣尹太過偏執，不提也罷。

邢侍郎把所知詳情，細細的寫給了徐宗師，宗師看完，很感詫異。過了兩天，晁鳳遞上狀子，候審。

首先審徐產婆，宗師仍然認得，那產婆把春鶯有孕，接生，梁和尚投胎，徐縣尹命名等都說了。

又審魏三，他仍然一派胡言，一封銀子能原封十六年，又說徐產婆是他的活證人。

這時一個人跪在大門外，原是任直，因為感念晁老夫人恩德，特來作證。任直當庭問魏三說：「你景泰元年十月搶了韓公子的銀子，判了黃山館驛三年流放，景泰四年十一月才回武城，景泰六年正月，你才娶了劉遊擊的使女為妻。這景泰三年十二月十六日酉時，徐氏抱

館驛：供郵傳行旅食宿的旅舍驛站。
流放：把犯罪者放逐到邊遠地方的刑罰。

了孩子去，你是作夢吧！」這魏三啞口無言，祇向宗師猛磕頭。

宗師問他何人主使，起先還不肯說，一頓夾棍，也招了。原來晁思才、晁無晏在魏三酒館裡喝酒，想起當年給晁梁做滿月，分得了田地，如今晁梁已經十六，進了學，往後說什麼也騙不著他，何況還結了姜副使這門丈人，更動不得了，因而想出了這個計策。許了魏三好處，原以為晁老夫人一個女人家，嚇唬嚇唬也有百十兩銀子，不料弄假成真，祇求徐宗師饒命。

晁無晏不知魏三已經招了，傳他之後，極力的辯，徐宗師把他在魏三酒館的言詞說了：「打你在魏三酒內那些話說得不好，」著實的挨了二十大板。

徐宗師批了刑廳回報，谷大尹聽說翻了案，恨得牙

催票：催促行事的傳票。

主事：舊官名。職位與現在各部的科員相等。

癢癢的，假裝不理。拖久了，又有催票下來，才越級把人犯拘提了。連夜審了定案。

谷大尹甚是懷恨，誰知晁梁和任直吉人天相，谷大尹報陞了南京刑部主事，離任事忙，也就丟開了。離了任，從兗州經過，徐宗師正好在當地視察，谷大尹拜見，還不停說魏三的確是晁梁的父親，魏三不曾冒認。徐宗師說：「只是晁梁生的時候，魏三還未娶妻，他有妻之時，晁梁已經三歲。」谷大尹紅了一張臉說不出話來。

第四十八回　惡婦撒潑

薛素姐自從進了狄家的門，不是打罵丈夫，就是忤逆公婆。狄員外夫婦就這麼個兒子兒媳，加上姑子李白雲曾有預警。兩老忍了又忍，打脫牙齒和血吞，忍耐了又忍耐。在這中間，還發生過一件插曲，原來長工李九強分得楊春的銀子，在狄員外照顧下，日子過得不錯，也成了富戶，但貪者益貪，偷了東家的穀子，寄放在陳柳家中，這陳柳是個私鹽販子的頭目。陳柳把穀子私吞了，李九強找了個機會報了官，陳柳挨了板子，賠了二十兩銀子，銜恨在心，李九強知道私鹽販子結黨成群，自己寡不敵眾，乘黑燒了陳柳住處，帶著妻小逃往他鄉，狄員外平日敦厚，這才沒有連累，可惜家裡益發不平靜。

薛教授聽見街坊談論李九強的事，過來探問，狄員外留了親家，讓狄周媳婦領了人在廚房裡料理。碗裡一隻白切雞，一轉身剩下一半，急得直跳，說沒別人來過，衹有小玉蘭才走，八成是她偷嘴。素姐由窗下經過聽見，把小玉蘭喚到房中，剝光衣物，鞭打不休，滿室皆聞。

狄夫人差狄周媳婦去看看，那素姐愈扶愈醉，滿口粗話，愈打愈兇。狄家夫人自己去勸，反而吃了一頓村語，狄員外夫人衹得央求親家進去勸勸。

薛教授到了後邊，衹見那丫頭還在挨打，打得氣若游絲，薛教授親自去拉丫頭起來，自己也挨了幾鞭子，祇好請狄周把丫頭送回家去。自己還讓女兒羞辱說：「嫁出去的女兒，賣出去的地，不關你事。」氣得悶聲不響回家去了。

狄希陳磨蹭了好久，才回到房裡，又讓素姐一頓好罵，兩人口角起來，那狄員外夫人聽見，氣得直打抖。兩人愈吵愈不像話，素姐手重，兩巴掌打得狄希陳臉腫。狄希陳要拿鞭子抽她，反而被她奪過來，一把掀翻了，坐在他頭上，使勁兒的抽，抽得狄希陳呼爹喚娘救命。狄夫人忍不住衝了進去，奪過鞭子，照樣抽那素姐，打了四、五十鞭，那素姐口不擇言，什麼都罵盡了，當夜狄希陳祇得在自己母親屋的外間睡了。

到了半夜，狄員外在夢中讓人推醒，叫他去救火，這才發現門也鎖著，祇好爬了窗戶出去，叫了家人來救火。薛教授也來看了，衹說「活是你家人，死是你家鬼」。

薛夫人看沒有其他辦法，衹得把素姐接回家住，一回去就挑撥薛教授，一頓拳腳打了龍氏，幸好薛夫人好歹勸得安寧了。素姐在家住了些日子，也沒狄家人來接，衹好備了禮送回去。從此，素姐也不出房門，婆婆也絕不來，薛家人也不來往，那素姐衹是打罵狄希陳度日。

第四十九回　畢姻戀母

晁梁進學，打完了魏三的官司，不覺又過了一年，已經長到十七歲。晁夫人選了正月初一的午時，請了他岳父姜副使，替他舉成冠禮，表示他成年了。緊接著二月初二下聘，四月十五成婚。

冠禮：古時男子二十歲，行加冠禮，所以二十歲叫「弱冠」。

晁梁從小雇了奶媽看養，經常還是晁老夫人照管。一個炕，隔著牆，奶媽同晁梁睡。總有大半夜是由晁夫人摟著睡。睡到十三、四歲，晁夫人覺得不方便，晁梁還是在腳頭睡。還是同一個被窩。當了學生成了秀才，夜裡還是挨著晁夫人在炕上讀書。像是影不離燈似的。

聽說替晁梁下聘娶親，他本人也很高興。晁夫人請人收拾第三層正房，油漆窗門，方磚舖地，糊牆壁，收拾得好好的。晁梁也沒說什麼。

到了四月十五日，姜小姐過門，晁梁依著老夫人的指點，拜天地，喝交杯酒，拜床公床母，坐帳牽紅，都依照俗禮。姜家也三頓送飯，等天晚了，他還在晁夫人炕上拖延。說了好歹，晁梁卻說：「原來娶媳婦是為了教我離開娘，我可不依。」又哭又吵。春鶯和晁鳳媳婦只是笑。晁老夫人說：「好胡塗，你跟娘睡你媳婦怎麼辦？你還知文解字做秀才？這是人間的大禮，你今年十七歲了，進了學，你不小啦，隔不多久，你就要考科舉，到時候，省裡進場，京裡會試，還叫娘跟著你？你要做了官，還叫娘跟著你上堂？」硬拉著上媳婦房裡睡了。去時三更，五更不到又回到晁夫人腳下，沉沉睡去。

從此，每天晚上，晁梁有了舊規。三更去，五更來，晁夫人看著實在不像話，就說：「我把這間屋收拾一下，你跟你媳婦搬來住，我跟春鶯就住外間。」先頭還怕他媳婦不肯，誰知她媳婦聽了，高興得很。過了五月十五，姜小姐回娘家，三、四天又回來了，每晚都到晁夫人跟前看望一兩次。那媳婦說：「清早黑夜，還是守著些好。」

單單看這兩個，全像孩子，也不知道他們怎麼作怪的，漸漸的，姜小姐乾嘔惡心，怕吃飯，好吃酸，晁夫人知道這是有喜了，先叫靜業庵的姑子誦了五千卷白衣觀世音經，又許願替觀世音掛袍。

過了一年，生下個白胖娃娃。洗了三，姜副使命名

掛袍：佛教的禮儀之一。

全哥，兩家人都高興得很。

晁老夫人急著找個奶媽，偏偏沒有合適的。後來找了個姓吳的，雖然長得醜卻又勤快，又會帶孩子，她丈夫吳學顏，也是個好人。雍山莊的管家季春江老病垂危，就讓吳學顏替他職掌。晁夫人行善多，凡事好人相逢。

第五十回　換錢遇舊

狄希陳做了一年多的秀才，原來文理不甚通，程樂宇督課又不甚嚴，總是一曝十寒，忘了秀才是靠別人掙的，不料新宗師發佈了消息，要在繡江縣舉行歲考，狄希陳不以為意，以為回回都可徼幸。狄員外夫婦也不知深淺，倒是薛教授替他擔憂，就來商量。薛教授說：「現在施行一條鞭法，賦役重，弄不好就會傾家蕩產，家裡總要有個好秀才支持門戶。現在新開了准貢的恩例，花四百多金，比監生容易中選，好的可以選個通判。現在

徼幸：求取非分。

准貢：清初，征戰未平，為獎勵軍功，凡服兵事或隨征的人，均與學行俱優、升入太學的貢生同等，稱為准貢。

正鼓勵參加，不如儘快的辦了，衹在省裡布政司納銀，不必上京。」

狄員外一向以薛教授馬首是瞻，深以為然，於是湊足自己帶著狄希陳，來到省府，遞呈子援例。到了省裡先拜訪了掌案先生黃桂吾。得知需銀一百四十兩，打通關節的不在內。而且要納當十的折帛錢，一兩可換八十個，打聽之下，東門秦敬宇家當鋪才有得換。

狄希陳一聽，不禁想起孫蘭姬，這孫蘭姬當年嫁的就是此人，藉著換錢，也許能見上一面。況聽姑子李白雲當時說再隔三年，還可得見，就背著父親，自己一個人到了當鋪裡。秦敬宇見他不是典當衣物的人物，待他有禮，說明一兩銀可換八十個。狄希陳瞞了自己姓名，給了一錠五十兩的元寶，約好第二天晚上到家裡去取。

布政司：掌管行政的部門。

馬首是瞻：服從指揮。

掌案：舊稱官衙中掌文案的人。

折帛錢：南宋以上供和買細絹改為納錢，所納之錢稱折帛錢。

那狄希陳原是別有所圖，第二天一早，又帶了二百兩銀子，算計秦敬宇已不在家中，往當鋪去了，狄周也跟著，到了秦家，秦敬宇果然不在，孫蘭姬支開了丫鬟；狄希陳差了狄周。兩人相見，落下淚來，從袖子裡掏出一包東西塞給他，他也準備了一支玉簪，汗巾、一副挑牙，也塞給孫蘭姬。兩人俱皆銷魂而別。

到了中午，狄希陳又去，期望能與孫蘭姬再見一面，誰知秦敬宇為了招呼他晚餐，先回家差人準備。祇得換了折錢，黯然離去。

狄希陳跟他父親費了一個月的工夫，才納了准貢回去，在離家五里路外，薛教授備了花紅鼓樂，前來迎賀，連春元父子，相棟宇父子，薛如卞兄弟，街坊鄰里都送了禮，懸旗掛匾，不一而足。

第二天，狄希陳備了禮，謝縣公，謝主簿。兩人都收了厚禮，那主簿把些科考的傳聞，都攬在自己身上，把自己當了主角，一味的吹擂。狄希陳回家照直說了，狄員外滿臉生花，薛教授不疑有他，等傳到連舉人的耳朵裡，連舉人不禁大笑。

縣公：春秋時，縣大夫亦稱公，晉時始置縣公的名位。

主簿：縣官府設有主簿，負責文書簿籍，掌管印鑑。

第五十一回　狡兔投羅

武城裡一個莽漢，名叫程謨，身高八尺，洗補網巾為業，為人頗為義氣，大碗酒、大塊肉，有錢就買，沒錢就賒，賒買不得，就頂著挨餓。

程謨隔壁住了個劉恭的傢伙，是個廚子，硬怕軟欺，論人是非，造謠生事，目中無人。劉恭的老婆跟他一模一樣，把大家小戶都當孫子看待。程謨一時沒飯吃，要賒些米麵，劉恭跟他老婆總要破壞。

這天程謨要賒些豆子，讓他們壞了。接著想賒些麵，又讓他們阻止，程譟氣不過，跟劉恭兩口子理論，劉恭說：「沒廉恥的強盜，有本事買飯吃，幹什麼要賒，害得人人來討帳，我們鄰居的面子都讓你丟光了。」程譟一拳揮向劉恭面門，打歪鼻子，眼珠子也掉了出來。一腳把他老婆踢得老遠，躺在地上爬不起來。把劉恭拖到牆邊結果了。鄰居樂得一下去了兩害，出資給他投案。程譟殺人抵命，問了死罪，在牢裡成了一霸，他妻子替人看磨做活，受窮苦過。這年巡按到了東昌，武城縣府押解重犯到東昌審錄。張雲、趙祿兩人押著程譟千方百計的凌辱，吃喝要他認帳，夜晚也不鬆綁。程譟說：「我這個人，遇文王，施禮樂，遇紂桀、動干戈，不要趕盡殺絕。」那兩個差人說：「鼻涕倒流，反了！」程譟走到荒僻處，舉起長枷，把兩人打殺了。扯掉枷，扭掉鎖，

長枷：打穀的農具。

跑了，武城縣緝拿甚緊。

差役聽說程謨的老婆在刑房書手張瑞風家裡作工，就去查索，想找程謨的去處。張瑞風平日人緣奇差，大家叫他臭蟲。張瑞風家裡人拚死不讓差人搜查，大家更起疑心，硬是進了屋，活生生的撞見了小珍哥。大家都以為她在牢裡起火時給燒死了。回去報了官，把張瑞風、小珍哥一齊押回審問。原來，張瑞風垂涎小珍哥美色，晁源死後，晁住也趕回雍山莊，兩人成了好事。買了算命的程捉鱉的老婆，在牢裡伺候小珍哥。張瑞風又買通獄卒劉思長、吳秀、何鯨，灌醉程捉鱉的老婆，放火燒了牢房，護著珍哥逃走，藏在張瑞風家裡，為了掩人耳目，就假意到臨清打個轉，說是另娶了一個妾。誰知天網恢恢。卻因為程謨的脫逃，牽扯出來。張瑞風問了斬罪、三人獄卒流放，程捉鱉知情不報，判了絞罪。由縣解府，由府解道。張瑞風和珍哥各六十板，獄卒和程捉鱉四十板，不到兩天，張瑞風死了，珍哥祇剩半口氣。誰知道過了一個月，恢復如初。成了山東的一件奇聞。這回晁家再不理會，小珍哥再也沒有靠山，按院到東昌審錄，著實又挨了四十大板，一命嗚呼，前後裡外作孽十四年。

第五十二回　妒婦悍行

狄希陳跟孫蘭姬見過面以後，弄得神魂顛倒，心緒起伏也變得強了。孫蘭姬送他的汗巾和金牙簽，裝在袖子裡，送他的一雙眠鞋，請人做了個綢質包袱，藏在袖裡或者別在腰裡，沒人的時候，就拿出來把玩。這天正把玩汗巾，不巧讓素姐撞見，就搪塞說是他娘的，說得結結巴巴，素姐搶了過來就往火爐裡扔，幸好奪了回來。素姐卻不饒他，扭胳膊，擰大腿，打嘴巴，七十二種非刑，種種上演，打得狄希陳呼爹喊娘，狄老婆子聽見，也料得了幾分，承認汗巾是她的，捱了一頓搶白，總算救下了狄希陳。素姐在房裡又罵又鬧，差點掀了屋頂。

不久，狄希陳又要上京坐監，狄員外不放心他一個人，預備跟他同行，選了日子上關帝廟許願，確保旅途平安。早晨被父親叫醒，匆忙梳洗，就上廟裡去，回程的時候突然想起，那雙眠鞋還在褥子底下壓著，這一驚非同小可，撇下父親，飛奔回去。一頭搶進屋去，作賊心虛加上忙中有錯，沒注意素姐正在洗臉，拿了鞋，藏在腰裡，往外就溜，素姐看得真切，攔在門口，臉上一巴掌，打個燒餅大小的紫紅印。往脖子上一叉，摔個四腳朝天。由腰裡取得包袱，拿著眠鞋，先到狄婆子屋門口，好好數落了一陣，回到屋裡，把狄希陳拷問得鬼哭神號。狄婆子前往一看，狄希陳讓素姐用條紅鸞帶，一

搶白：用言語頂撞。

頭綁在他腿上，一頭栓在床腳上，拿著兩根縫鞋長針，滿身扎，扎一陣、問一陣，狄家婆子拿剪刀剪斷鸞帶，要他出去，狄希陳動也不敢動，狄婆子硬把他推了出去。這素姐惡言粗語，祖宗八代的好罵一場。臨上京，狄希陳向素姐辭行。素姐說：「你去了就回不來，要是路上遇著強盜，割成一千塊，托夢給我，我好穿大紅嫁人。」狄希陳眉頭不敢皺一下，作揖而別。

可是，有些家庭不是這樣的。像明水村的一位老學究張養沖，兩個兒子，兩房媳婦，都十分孝順，鄰里讚揚。張養沖臥病，兩個媳婦，煎茶熬藥，遞飯烹湯，絕無半點不悅之色，張養沖故去，也盡力辦了喪儀。兒子一個照看客店，一個下田。兩個媳婦輪流跟著婆婆，織布纚絲，做給婆婆穿，自家生產的雞鴨魚肉，給婆婆吃，

作揖而別：兩手抱拳高舉，敬禮而別。

喪儀：哀葬死者的禮儀。

冬天暖被烘衣，夏天打扇驅蚊，曲盡其誠。甚至割股療親。

按院馮禮會，按例保舉孝子賢孫，義夫節婦。將這兩對夫妻保舉，到了禮部，批覆下來，每人每年三石穀子，二疋布、棉花六斤。並立牌坊表揚，素姐聽說這些倒說：「我要是有肉，情願割給狗吃，也不會割股煮湯！」兩相比較，真是天壤之別。

曲盡其誠：竭盡孝思。

按院：掌管監察的部門。

保舉：舊時大臣舉薦人材，給朝廷任用，並為其作保。後來多指大官舉薦屬員。此處為推舉之意。

第五十三回　本妻盜財

晁家七個族人裡頭，晁近仁雖然沒有什麼見識，不過還算忠厚。晁夫人每人給了五十畝地、五石糧食、五兩銀子，加上自己原有的十幾畝地，漸漸豐衣足食，修了房子。祇是年過四十，沒有孩子這事遺憾。當年兩口子也生養過，沒有乳食，祇好都給了別人去養。晁近仁有意去要回來，晁近仁的老婆認為養育之恩非比尋常，這麼做說不過去，贊成晁近仁納妾。晁近仁說：「納妾可不容易，一來不小心壞了我們夫妻情感，再者等我們年老，妾嬌子幼，又該如何？」研商結果是過繼他堂兄晁為仁的兒子。晁思才和晁無晏知道了，吵鬧不休，不許過繼，想分晁近仁的田地房產，狠命跟晁夫人頂撞。晁夫人對晁思才說：「你七十多了，無兒無女，何況，真該收回五十畝地的是我，該好好想想了。」晁思才哭了起來。撤手走了。

晁無晏卻不管這些，把自己獨子小璉哥跟晁為仁的兒子小長住一起過繼。晁近仁的地，弄了二十畝去，佔了兩座房，添了土地，好不快活。晁近仁過世之後，晁無晏又逐步的侵佔了卅幾畝地。不到兩年，把寡婦的財務弄得精光。靠原來領養晁近仁兒子的人家養活。

晁無晏一天正在耕地，一條犍牛，好好的倒地，抽了兩鞭子，當時氣絕。抬了回去，煮熟了家裡吃，外頭

犍牛：割去生殖器的牛。

疔瘡：一種惡瘡，為極可怕的病症，也有不治而死的。

嗚呼尚饗：祭祀時希望鬼神享用之辭。

賣。別人吃了沒事，他的老婆吃了，左手心裡長個疔瘡，不到三天，嗚呼尚饗。剛過了三七，另娶了寡婦郭氏，帶著兒子小葛條，一個七歲的女兒小嬌姐。晁無晏餓眼見瓜皮，撲著就啃。久而久之，打瞌睡、咳嗽，起先好坐怕走，漸漸好睡怕坐，後來睡了不肯起來。起初怕吃飯、吃藥。一跤放倒，再也扶不起來。病中再三叮囑郭氏，叫她把小嬌姐許配自己兒子。特別要郭氏，把握機會，有地分地、有錢要錢，吵也好、打也好，都不用怕。郭氏故意揉紅眼睛，發了誓：「我要不照你話做，叫冰雹打破腦袋。」

晁無晏死了，草草薄棺，晁思才見了不平，被郭氏一頓搶白。說他絕子絕孫，死無葬身之地，氣得晁思才哇哇亂叫。埋葬停當，郭氏回到家中，暗中賣田地、賣房子，這天，哄小璉哥出門，捲了衣服、銀兩，跟著賣布的江西人，一道風似的走了。小璉哥回來不見人影，鄰居把他送到晁夫人家。晁思才自告奮勇。騎了騾子，要去追趕。

追了八十里路，趕上了，晁思才大叫：「拐帶人家老婆的，那裡走！」江西客也叫：「土匪搶人！」一擁而上，臭揍一頓，解下韁繩，結結實實的綑了。騾子也絆了四蹄，扔下走了。晁思才祇有哼哼的份兒。凍餓一夜天亮才獲救。

第五十四回　天爺殛人

再說狄希陳跟著狄員外，帶了狄周、尤廚子，四人上京，先住在廟裡，隨後在國子監附近，租了個姓童的房子，京裡習慣上稱呼他童七爺，一個十歲的女兒寄姐，四歲的兒子虎哥，一個丫頭玉兒。

狄員外房租整齊，童奶奶待人熱絡，彼此往來，相互照應，相處就似自家人一般。飲食起居，日常生活，童奶奶都照應得十分週到。日子過得很快，狄希陳眼看在國子監坐監將滿，打點著就要回家去了。

暫且按下狄員外不表，說說他家尤廚子。廚子叫尤聰，原來是鹽院承差尤一聘的一個小廝，從小跟著到大，替他娶了個使女為妻。尤聰眼裡簡直是神仙下凡。嫁了沒幾天，老毛病就顯露出來了。一般在廚房裡的，鍋裡撩塊肉，盆裡趲米麵，切雞藏條腿，這祇算是常規。尤聰的老婆卻不是如此。囤的糧食、大麥、小麥、菉豆、黃豆，一偷就是一兩斗。整腿的臘肉，整罎的糟魚，整斤的蝦米，布絹遇著就偷，沒有衣服也摸兩件。尤聰替她辯解說：「她是不想在這兒當下人，我不趕她，祇好故意如此。」尤一聘夫婦就打發他們走了。

尤聰帶著老婆，租了房子，準備了各項用具，買了麥子磨麵粉賣。尤聰老婆儘偷高筋麵，賤價賣了。虧了老本。尤聰改行賣豆汁，她就偷綠豆，又改行賣涼粉，

撩：放置。
趲：儲蓄。
囤：積藏。

她又偷材料。改行賣鹽，半斤變成六兩。又改行賣炭，對門打燒餅的老梁，燒的全是廉價炭。再要改行，全無資本，跑到衙門冒名替人當班，不懂竅門，淨挨板子。山窮水盡，祇好去替人種園，沒東西偷，這老婆偷人。尤聰傷了心，賣了老婆，做短工維生，後來在胡春元家，專管書房的飯食，胡舉人中了進士，帶他一起上任。

尤聰到了官衙，說他菜淡，就大把放鹽，吃得哮喘，說他鹹了，他一點鹽不放，淡得惡心。成盆的飯，倒進泔水，各種菜蔬，糟蹋不已，好吃的自己享受，讓主人不見油星，終於淪為乞丐，到了明水，才跟了狄員外，又忘了受苦的日子，抛米撒麵，作孽又甚於往日。

狄員外因要致謝、辭行，請童家全體，尤聰正在廚房裡忙，突然打雷閃電，下起冰雹，祇圍著廚房不散。

油星：烹飪上用的油。

尤聰在廚裡罵天，祇一聲天崩，把人震昏過去。醒來一看，院子裡雷劈死一人，上下無衣，渾身焌黑，鬚髮俱焦，身上一行紅字：「欺主凌人，暴殄天物。」正是尤聰。這事傳遍京城，那些好事的，把這事印成小冊子，在棋盤街販賣，著實發了筆小財。

第五十五回　暗選庖人

尤聰掩埋之後，算算還有一個月才動身。連著好幾天都到童家吃飯，狄員外總覺不安，帶著狄希陳到飯舖用餐。童奶奶也覺十分不妥，建議狄員外買個廚子。狄員外擔心帶回家受狄娘子責備，很是猶豫。反問童奶奶家為什麼沒用廚子，原來童家也有，已經待了八年，二十六歲了，跟童七爺眉來眼去，衹好收了八兩銀子，許給了一位屠夫。所以，現在自己下廚，一手包辦，建議狄員外買一個，帶回家鄉，由狄家娘子決定，賞了做妾也好，不行，將來再許給別人也好。狄員外終於同意，童奶奶於是託人媒介。

媒人有兩個，一個姓周、一個姓馬。分頭去找，一個是海岱門裡頭賣布冉家的；一個是金豬蹄子家的；還有一個留守尉李鎮撫家的。童奶奶開的條件，手藝好佔先，乾淨俐落也要緊，而且，還要乾淨。說著就辦，周嫂領來一個，現在十八，臉上粗粗蠢蠢，並不猙獰，身體茁壯。自稱祇能做些家常飯菜。隨來的太太要價三十兩，童奶奶認為，先留下做兩天，如果手藝好，給廿四兩上好銀子。

童奶奶差玉兒去請狄員外，彼此見過。狄員外說他買了豆腐火燒，不妨就此試試手藝。一行到了狄家住處。那人也不等吩咐，自己到廚房裡，洗刷鍋碗。豆腐、白菜、熟肉、火燒，切的切，熅的熅，不久，就上了桌。童奶奶說，看她切肉的刀工，就知道八分。狄員外也覺得鹹淡滋味，都很入口。

狄員外又叫狄周買辦餚品，要試試她做整桌酒席的功夫。那丫頭一點不著急，一切割切完成。熅的熅、炸的炸、炒的炒。等童七爺回來，菜按著先後上桌，顏色鮮明，滋味甚美，足足吃了快兩個鐘點。接著又做了午、夜兩餐，狄員外已暗中決定，要了這廚子。

第二天，狄員外帶著狄周，跟著馬嫂、周嫂。在冉家附近的香舖駐腳，單讓馬嫂、周嫂去談，照那童奶奶所說的二十四兩。不久談定，狄員外親到冉家，文書畫了押，媒人也畫了十字，足足的付了二十四兩財禮。另

熅：音ㄩㄣ，有濃煙無明燄的火。

餚品：此處為烹煮菜肴的東西。

備銀兩謝了媒，別了冉老頭，回到住處。

那丫頭在家名叫調羹，倒也名實相副。替她備了見面禮，廚房挪給她住。

童奶奶當面告訴調羹：「你的主人是位怕太太的首領，一定不會欺侮你，等你見著狄奶奶，再作打算。」又背地裡跟狄希陳說：「調羹是狄大爺有心留在房裡的，你可不能搞七捻三。」狄希陳祇有傻笑。

從此，狄員外再不受吃的氣，坐監滿了，回山東。

搞七捻三：偷偷摸摸與異性勾搭。

第五十六回　納妾代庖

狄員外辭別，童七爺、童奶奶送行，彼此都厚禮餽贈。夜住曉行，十天回到明水。祇有狄周的老婆來接，原來那素姐一直住在娘家，偶爾一天半夜在家，就一天半夜就把狄婆子氣得半身不遂。狄婆子聽了尤聰挨雷批的事之後，很快就高興起來。

這素姐從回到自己家以後，更不像話了，喝燒酒、吃雉蛋，頂撞長輩。明水鎮東邊有座三官大帝的廟。來了兩個老道，勾引得一些婦人，認乾媽，拜姐妹。良家婦女都不敢去，素姐騙了他父親去了，二更天才回家，還說：「你們不許我去，我還不是自己去了！」氣得薛教授右邊身子不能動，也半身不遂了。

狄希陳從京裡回來，好歹才把素姐送回去，也不跟婆婆請安，也沒家常話說，逕自回房去了，狄希陳把由京中帶回的首飾衣服一例奉上，老娘的病，連提也不敢提。

薛夫人能幹，不讓鬚眉，薛如卞少年老成，媳婦連氏又很馴良，薛省三、薛三槐也能照應布舖，雖然薛教授半身不遂，日子還算平穩，狄家就差些了。

幸得調羹，第一不饞，第二不盜，第三不淫，第四愛惜物件，第五勤事主母，第六不嚼舌根，第七不吃裡扒外，第八不倚勢作態，第九不偷閒懶惰，第十……調羹有這麼多好處，又對狄婆子服侍得無微不至，飯食茶解手：大小便。
使性子：發脾氣。

水，煎藥打點，半夜裡總要起來一兩次，侍候狄婆子解手。掌管銀兩，分毫不差，傷筋動骨的責罵，也不使性子。狄婆子要狄員外納她作妾，員外略略推辭一番，也就接受，擇了吉日成親。素姐粗言惡語的詛罵，調羹大量，不予理會，素姐拿了刀子，幾次要割了公公下體，叫他不能生育，免得分了產業，幸好沒機會下手。

過了年，薛如兼和巧姐十六歲，薛夫人怕巧姐跟著素姐學壞，狄婆子因為自己有病，都急著成親，了卻心願。一切賠嫁，全由調羹料理，素姐整日惡罵，把舊日賠嫁強迫換了巧姐的。這天又在窗外直著脖子痛罵，調羹根本不理，素姐腿站酸了，回到屋裡，想找人出氣。

狄希陳不識眉高眼低，不知趨吉避兇，老虎正在發威的時候，一腳跨進門檻，素姐又開五指，一個大耳光，外面的人都以為打雷，紛紛抬頭望天。素姐罵道：「拿你當兒子，拿我當媳婦，為什麼把家事交給雜毛賊淫婦掌管？」又逼門調羹的來處。可憐狄希陳，話也答不上半個字，又不敢跨出房門，更可憐的是狄員外夫婦，素姐的大呼小叫聲聲入耳，衹得暗忍，狄員外也漸漸有病了。

第五十七回　凶老惡報

晁思才自告奮勇要去追回郭氏，沒想到反而挨了頓毒打，不是有人路過救了，三個晁思才也沒了。誰知他明明看見晁無晏的下場，一點沒有悔改，百般尋思，想要討些便宜，到了晁老夫人家，自吹自擂，要領晁近仁的孤子小璉哥去養活。看是見義勇為，其實，他打探知道晁近仁的產業，衹是半價典當，如能到手，還很值些銀子。故有此舉。晁老夫人當然應允，衹要晁思才立個字據給族人。小璉哥一聽，抱著晁奶奶直喊：「我不往老七爺家去，他惡眉惡眼的，我害怕。」晁夫人讓晁思才先把房子和地處理好，小璉哥住些時候再去。

晁思才回家跟老婆說了，老婆認為，孩子在手上，才好佔那些房子和地，別人沒有話說，晁思才想想也是，決定找機會抓了來家。他老婆說：「不要慣了他，痛快打幾巴掌，也叫他怕。」晁思才連著去晁夫人門前守著，一天，小璉哥出來，一看見晁思才，拔腿飛跑，再不出來。

又過了幾天，一群和尚敲著鼓鈸經過，晁思才料定小璉哥一定會出來看熱鬧，先躲在旁邊，小璉哥看得出神，被晁思才由後面掐著脖子就走。小璉哥滿地打滾，挨了一頓，抓著頭髮拖走，路上行人都以為是管教孩子，沒人阻攔，拖著到家，叫小璉哥跪著，叩了頭，才放他起來。

從此，白天給他兩碗剩飯吃，也不管冷熱。夜裡在廚房炕上睡，也沒有舖蓋。六、七歲的孩子，叫他大塊的掃地，提尿壺，牽了驢子沿城牆放牧，折磨得三分像人，七分像鬼。同時堂而皇之的把房子和地弄到手，兩口子齊心合力，要把小璉哥斬草除根，免得往後生變。

晁老夫人差了人到處找，也沒小璉哥踪影，隨後找到那些和尚，一形容知道是晁思才抓了去，晁鳳尋著，小璉哥正在挨打，晁鳳勸住了，回去回了晁老夫人的話。

不到半年，兩口子你一頓，我一頓，孩子衹剩一口氣，挺著個水腫的肚皮。兩口子趕他在屋外看守曬燒酒的酵子。剛好晁梁經過，小璉哥認得二爺，跟著到了晁家，見著晁奶奶衹是怪哭，再不肯離開。

晁老夫人替他洗刷乾淨，延醫治好水腫，漸漸像個人樣了。祇是再不出門，跟著在書房裡。

六月初一，晁思才在百般無法之下，到城隍廟裡燒香，求小璉哥速死，許下豬羊還願，出得廟門撲的倒地。拖回家去，三、四天了帳。小老婆捲了他家銀兩逃了。族人聞訊，到家搶了衣裳器皿，剩下個六七十的老太婆和具屍首，還虧得晁老夫人善後，供養活的，埋了死者。

第五十八回　悍婦劣行

薛家小冬哥看定了日子，要娶巧姐過門。狄員外趕著辦妝奩雜物，巧姐自己會動手，衣服首飾之類聽調羹主意請舅舅相棟宇家裁製。狄老婆子動動口而已。

這天相棟宇讓他兒子相于廷來找姑媽商量事情，順道探病。到了告別的時候，狄員外堅持留他，新釀的酒、新鮮的蟹、活的魚。差人去請相棟宇。

過了中午相棟宇喝得臉紅紅的來了，原是荊在鎬保舉，相于廷遞補。說著在園裡擺桌，也招出狄婆子跟大

妝奩：女子隨嫁的東西。

家一塊兒享用，等都散了，祇剩下狄希陳和相于廷兩兄弟。

兩兄弟存心胡鬧，又放炮仗炸狗、轟烏鴉，又行酒令、又說故事，沒完沒了。

相于廷說：「我們這繡江縣裡，有幾個懼內的人，有個聚會，計畫要湊足十個人，已經有了九個，只少一個，怎麼也湊不齊，祇好到鄉下去找，找到明水地方，祇見一個二十多歲的男子，拿著一雙裹腳布，一雙內褲，在湖邊上洗。那人心裡想，肯做這事的，必定懼內了，何不請他入會，正好整數。就近前問詢，說明原委。洗裹腳布的說，『我不願意到縣城去，我何不在明水做第一懼內，而到城裡去做第十？』」狄希陳說：「我知道你沒好話說，我們就拚命吃得了，不許多話。我跟你說，你嫂子最喜歡在背後偷聽，到時候，你溜了，我可要受

懼內：怕老婆的男子。

罪。」相于廷說：「跑一步不是人，我替你教訓教訓，當胸一椎，肩上背上一頓亂拳，打得她叫好聽才行。」狄希陳說：「別吹了，現在是她出來的時候了。」相于廷說：「你嚇唬誰？你以為我是你啊？誰家嫂子降服過小叔的，他不來找我，算她運氣……」話猶未了，一瓢溲水劈頭劈臉潑了下來，一頭一臉一身都是。潑完了撒腿就跑，相于廷隨後趕去，素姐關上門，拴上。相于廷說：「有種你出來，我可不像我哥哥狄希陳，隨你亂整。」素姐在屋裡回話說：「小砍頭的，你的嘴好像租來的，一句正經話都沒有！有本事回家管自己的老婆去！」相于廷說：「你攆我，我偏不走，今天喝到明天，明天喝到後天！」

兩人又喝了起來，相于廷又說了個故事：「有人從

攆：驅逐。

安南帶了一頭大象回北京，走在半途，那象口吐人言：『我是象王，我要在這裡蓋廟，我能叫風調雨順，扶善罰惡。』，果然如他所言，一天，一對夫妻來上香，那女的一進廟門就倒地不起，陳述自己打丈夫的惡行，她丈夫再三禱告，象王才饒了。那丈夫說：『以後你再打我，我就叫象爺！』」兩人笑鬧，不覺大醉，就地睡了，素姐拿了濃墨和胭脂，替他們畫上眼鏡。兩人第二天醒來，知道又被素姐捉弄了。

第五十九回　毒害雙親

薛教授家擇了四月初三過聘，五月十二娶親。狄家選了五月初十鋪床。一些器物衣裳首飾，相棟宇家都有安排。衹愁素姐說些不中聽的話，做些不得體的事。狄家如此，薛家也不例外，差了薛三槐的老婆來接她回娘家。

薛三槐的老婆看著素姐收拾，梳了頭，換了鞋襪，一腳蹬在尿盆裡，正要找人出氣，狄希陳一腳跨進門，素姐罵道：「你是瞎了眼，還是斷了手，早上起來，尿盆子也不順手捎出去。還不如讓土匪把你卸割了，我乾

鋪床：舊俗在婚期前一日，女家派人至夫家鋪設臥房，謂之鋪床。

脆做個寡婦，還有臉矗在我的面前！」罵得狄希陳擦眼抹淚，好不淒慘。好在是巧姐的大日子，悄悄溜到狄婆子房裡去了。

鋪床的請了相家的妗子，崔家他姨，相家他嫂子，還差一位，大家慫恿狄婆子，梳洗完成，拿椅子抬著到薛家。那巧姐這幾天憂心自己母親，怕她受嫂嫂的氣，衹是不吃不喝，光哭，相于廷娘子等都忙著去勸。

薛家請了連春元夫人，連趙完娘子，薛夫人，薛如卞娘子連氏，和素姐一起迎接狄家的女眷們，算是功德圓滿，鋪陳完了，也請狄婆子進屋去看，也很滿意。

席間，素姐板著一張臉，也不招呼，就往後面去了，相于廷娘子也跟她去。相于廷娘子說：「你跟狄大哥，跟鬥雞同籠似的，他很疼愛你，你就不能待他好些？」

妗子：舅母。

素姐說：「我也不知道是怎麼一回事，公公婆婆不在眼前，我也很後悔自己的言行，衹要一見面，又由不得自己。」

巧姐過門之後，極為孝順，舉止端莊，性情溫柔。事奉翁姑，一如自己父母，待那妯娌，跟自己嫂嫂一樣，夫婦和睦。薛、狄兩家都十分放心。素姐不然，作惡多端，不時當著狄婆子的面胡說胡為。又造謠說調羹變賣首飾，暗中給了狄周媳婦。調羹不免珠淚暗彈，狄希陳不免安慰幾句，狄周媳婦也一同在簷下說話，不巧素姐看見，大罵說：「兩個老婆守著一個漢子，沒廉恥的忘八淫婦，大白天裡——」素姐拖著狄希陳進了屋，拿了把鐵箝，擰得混身都是紫葡萄，哭叫救命，狄婆子讓丫頭抬到媳婦屋裡，勸阻素姐。素姐說：「我放著年輕力

妯娌：兄弟的妻，互稱妯娌。

壯的不打，打你這個殘廢！」一面東一箝、西一箝，登時把狄婆子氣得昏死過去，等狄員外聞訊而來，已是急救無方，巧姐不曾進門，狄婆子就已過世。巧姐跟素姐爭持，素姐說：「自有替她償命的，沒我的事。」一點也不慌張。

薛教授聽說素姐拷打丈夫，氣死婆婆，眼睛翻了兩翻，不到一個時辰，也趕上親家婆，都往陰司去了。狄、薛兩家忙著辦喪事，又急又氣。

正寢：居住的正室。

第六十回　監禁夫君

狄員外將狄婆子抬回正寢，一面收拾喪儀，狄希陳渾身是傷，不能動彈。相家大舅和大妗子，相于廷娘子都一齊來到，痛哭一場。相大妗不見巧姐，才知道是奔她公公的喪去了，也不見素姐，差隨童相旺去請，相旺一出門，素姐讓她母親催趕回來，頭上還戴著花，身上穿著花衣裳，大妗劈頭一頓痛罵。素姐說：「各人家有各人家的事，你也不怕累得慌，我也沒害死婆婆，我也不是鼓樓上的小雀，耐驚耐怕的，明明是跟調羹爭風吃醋生氣，關我何事？大妗要婆婆的妝奩，儘管拿去！」漸漸愈說愈不堪了：「你也罵了好幾句了，再罵我不依了。」相大妗說：「我豈止罵你，我還要打你呢！」一把扯了髮髻，抓住素姐的頭髮，腰裡摸出預備的棒椎就打。相于廷娘子和相旺媳婦，看相大妗招架不住，假做勸解，抓住素姐的手，大妗拿著棒椎從上到下，不計數的打，素姐先還嘴硬，漸漸求饒。

相妗子不惟報了大姑子的仇，又洩了眾人的恨，大家都覺得打夠了，狄員外這才求情，素姐拖著腿回屋。眾人忙著喪事，也不放狄希陳進屋，要他守靈。

素姐回到房裡，計算著要拿狄希陳出口惡氣。狄希陳叫不進去，自己也沒力氣出來，讓小玉蘭回家去，要薛三槐、薛三省的娘子，薛如卞媳婦齊來報仇。薛家正忙著喪事，又不聦素姐行為，沒人理睬。小玉蘭回了素姐的話，她那一肚子惡氣更添了好幾股。

狄希陳守靈三日，這天要回房去取白素杭紬，裁製招魂幡，一進屋，素姐抓到懷裡，口咬牙撕了一頓，幸好新創未愈，沒甚力氣，狄希陳才無甚大傷。素姐在床頭放馬桶處，拉了一根線帶，掛了副門簾，叫狄希陳坐牢。狄員外遍尋不著，祇好把自己屋裡的絹拿來先用。親戚街坊來弔孝，也沒孝子答禮。

狄員外不見兒子踪影，一夜不曾闔眼，狄希陳坐了一天牢，央求素姐放他出來睡，素姐叫小玉蘭，找來條凳，拿了麻繩，叫狄希陳睡在上面，反背著雙手，胸、腰、腳帶凳綑住，像條死豬一樣，苦楚了一夜。

第二天清早，相大舅、相于廷、相大妗，相于廷媳婦都來了，狄員外說不見了狄希陳，個個驚異，人人亂猜，一行到了素姐房裡要人。素姐說：「他肚子底下兩條腿，東跑西跑的，我知道他上那兒去了？」床下的抽斗扯出來，沒有，牀底下點燈照，沒有。開了四個大櫃，沒有影響，相于廷娘子半玩笑的掀起簾子，狄希陳灰頭土臉的在。大妗說：「天底下有這種惡婦，也有這種膿包」。唾了他一大口。

膿包：指沒有出息、無用的人。

第六十一回　相者騙財

相大妗看狄希陳的膿包相就有氣。說：「她就是閻王，你就是小鬼，你也要掙扎掙扎。」拉著狄希陳就要走，狄希陳扳住牀頭往裡掙，說：「她還沒有吩咐呢！」素姐說：「橫豎你妗子管不了你一生，你去，你去！」這才拉了出去，相大舅老成，祇搖頭嘆息，那相于延取笑個不了。

薛家喪事，因有薛教授遺言，要家人不必誦經，擇一平陽高敞之地理葬即可。

出葬三日，狄希陳隨薛如卞他們，到墳上燒紙，回程經過龍王廟。廟門口一張招貼，上寫：「新到江右鄧蒲風，飛星演禽，寓本廟東廊便是。」狄希陳心想，除了父母兄弟，夫妻本是最親，我對素姐，順著她的性子，聽從她的指令，供她衣食，她卻是百般的欺凌於我，凡此種種，莫非前生註定？既是江右高人，何不算他一算。於是別了薛如卞他們，往廟中尋著鄧蒲風。

狄希陳報了生辰，也合了素姐的八字。直說得他毛骨悚然。這前生造就的，躲也躲不了，逃也逃不掉。不住自歎。鄧蒲風說他懂得一法術——回背——不過十分費錢費事。狄希陳再三央求，鄧蒲風說出了施法的難處：「第一要避開所有的人，以免洩漏。第二要有一個潔靜嚴秘的所在。第三花費在六七十金以上。第四要見見你老婆，好找替身。第五要你夫妻兩人的頭髮，貼身衣服。第六要找一個跟你老婆相彷彿的女人做替身，整整需時六十日，借了廟中一個獨院，包了鎮上妓女魁姐，應承了施法的衣物、器皿，找個素姐回娘家的時候，守在街角上仔細打量過了。」

鄧蒲風擇了吉日，結壇行法，教狄希陳每七日回房一次，入則就寢，起即外出。正好狄員外在鄉間起樓，狄希陳託詞管理，每七日回房一次，素姐也有人欲之思！恩愛一如夫妻。黎明起來，素姐尚未發作，狄希陳已經出門，狄希陳以為鄧蒲風法術靈驗，直當再生父母似的尊敬。

鄧蒲風長得很是清秀，魁姐久經風塵，又有狄希陳管酒管肉，孤男寡女，鄧蒲風又有些春藥，正經事沒得

風塵：比喻妓女。

幹的，在空廟裡快活。魁姐傾心貼伏。漸漸日期將滿，又怕狄員外知道，兩人一商議，乘了江西客的船走了，狄周和私娼的龜公，追了也是白追，龜公要告狀，找狄希陳要人，傳到狄員外耳裡，賠了一百廿兩銀子了事。幸好素姐不知。狄希陳以為還像往日般恩愛，誰知慾火已熄。樓也修好，又回到往日的時節，打罵由她。狄希陳又悔又恨。

狄婆子分了十封銀子給狄希陳，共五百兩，他拿錫錠暗中換了二百七十兩，素姐暫時還未發覺。

龜公：妓女的父親。

第六十二回　口舌之禍

狄希陳從小喜歡惡作劇，若非素姐打罵，只怕比孫悟空還要成精，儘管如此，他還要忙裡偷閒，苦中作樂。

狄希陳有個同學叫張茂實，同學的時候，彼此間就玩笑不了，張茂實的媳婦智姐，衹剩下一位寡母，跟狄希陳家時有往來。從小時候，也見過智姐，在智姐未過門之前，狄希陳總跟張茂實說，他跟智姐常有苟且。說多了，張茂實將信將疑。等結婚以後，才解了心頭狐疑。

一天夜裡大雨，清晨起身，智姐的母親站在門口，看人清理水溝，狄希陳也在門口，聊起昨夜的大雨，智姐的母親說：「天黑的時候還是晴天，半夜裡突然下起大雨，下得屋頂上往下漏，地上也流進水來。智姐接回來住，連個睡覺的地方也沒有，勉強在案板上睡了，上頭撐把傘遮漏。過了半夜才送她回去。」狄希陳聽在肚裡。

狄希陳逛到園子裡，迎面撞上張茂實，兩人打過招呼，也談起昨夜的一場大雨，狄希陳順口說：「是啊，我跟你媳婦剛剛睡下，還沒完事，上面漏雨，地上水又流進來，你丈母娘替我們支個案板，上面打把傘，將就過了，半夜裡送她回去了。」張茂實認為狄希陳大概是看見媳婦回娘家，故意取笑，也沒放在心上。

張茂實回到家，智姐張著大嘴打哈欠，張茂實說：「昨晚上難道沒睡，呵欠連天的？」智姐說：「雖睡著了，上面漏雨，下邊又流進一地的水，娘祇好支塊案板，上面打把傘，將就躺了半夜，誰睡著了？」張茂實也夠胡塗，聽智姐的說法跟狄希陳的描繪相同，拿住智姐拳打腳踢，要智姐招認，眼看要打出人命，張茂實的母親說：「捉賊捉贓，捉姦捉雙，你也沒抓著姦夫，打死媳婦可是要償命的！」張茂實把智姐跟狄希陳的巧合說了，他母親說：「找你岳母來，三頭六面對質，不就解決了。」智姐的母親一來，看見女兒被打得三分像人，七分似鬼，又哭又罵，知道是狄希陳嚼舌根，加油添醬的胡扯，惹出這場誤會，叫智姐挨了頓毒打。

智姐的母親，回家之後，找了一根又堅又硬的榆木棍，叫人找狄希陳，說有一宗土地買賣，請他幫忙看看文書契約，狄希陳平日走動慣的，不疑有他，進到智姐

嚼舌根：胡扯、亂說。

家裡，關了門，伏兵盡出，一邊審問，一邊棒打，打得不亦樂乎，狄希陳自知理屈，求饒不已，才放他回去。

狄員外知道了詳情，忙著去跟智姐的母親求情。

張茂實的母親也很明理，帶著張茂實來跟岳母賠禮，丈母娘這才罷了。衹是智姐嚎天痛哭，上吊刎頸，不吃不喝。丈母娘跟婆婆，加上張茂實三個人，輪流日夜看守，方才漸漸有了轉機。

第六十三回　托鷹懲悍

狄希陳挨了智姐母親一頓好打，頭一天還能掙扎起來，隔天傷處腫了起來，躺在床上。素姐著實暢快，不但不照應他，打罵仍然不斷。智姐雖然也打得不輕，躺在床上，但是，張茂實誠心賠罪，再三認錯，智姐心中三分惱他，十二萬分的恨狄希陳。心中不停咒罵，漸漸和好。狄希陳也漸漸好了，跟張茂實也沒有芥蒂。

張茂實因為讀書不成，收拾了本錢，準備作生意。張茂實的一位親戚叫宋明吾，從南京批些雜貨回來擺地攤，漸漸發達，在西門裡開間南京大店，張茂實常在店裡走動。深深了解了行情，帶上幾百兩銀子，獨上南京，學宋明吾的樣，做起生意來。

南京有位姓顧的，家裡的刺繡極為出色，張茂實托在行的朋友，做了一套衫裙，送給智姐，元宵節智姐穿上衫裙到蓮華庵燒香，遇著素姐，素姐對顧綉衫裙羨慕不已，智姐計上心頭說，「狄大嫂，你的衫裙怎麼沒穿出來？」素姐說：「這一定是張大哥在南京訂做的，我那有這種衣服。」智姐說：「我們沒見過世面，那裡知道有這種華麗的衣衫，還是狄大哥告訴說南京有這種顧綉，給了八兩銀子，叫我家替他捎了一套，跟這套一模一樣，我這套還是狄大哥揀剩的！」素姐聽得這一席話，真是怒從心上起，惡向膽邊生，辭別了智姐，回家，智姐等著看好戲。

素姐把狄希陳百般拷打。狄希陳雖生在富家，那裡知道什麼顧綉，招也無從招起，白天拷打，夜裡還是綁在條凳上坐牢，誰也勸不了，狄員外祇好到薛家請薛夫人出面，素姐說：「人家倆口子的事，那要丈母娘管，你這麼護著他，何不當初你嫁給他！」把薛夫人氣得發昏，回到家中，把惡行惡語告訴了薛如卞兄弟。薛如卞苦苦思索，得了一計。他知道姐姐自幼怕極了鷂鷹。一見就雙眼暴痛，遍體酥麻，大病數日，如卞找了隻老鷂鷹，差狄周媳婦暗中放在素姐房中。素姐回房挨那鷂鷹捕面一翅，真個倒地，病得奄奄一息，薛如卞奉母命來探視，問起緣由，素姐如此這般說了。那薛如卞登時淚如雨下，素姐再三追問，如卞期期艾艾，最後才說：「我

期期艾艾：形容口吃。

在古本正傳上看過，凡鷂鷹進房，是家親引外鬼入房，不出一月，便有死亡。」素姐問：「那書上可說有救？」薛如卞說：「要誠心悔改不欺丈夫，誦一萬卷藥師佛經，也衹能暫時不死，再得十年陽壽！」薛如卞又說：「我姐夫也不是人，你病了他也不照管，跑出去玩！」素姐說：「他在坐牢呢！」等放了出來，已不成人形，薛如卞不由當真哭了。狄員外等這才知道薛如卞救了狄希陳，背後再三致謝。

陽壽：人的壽命。

第六十四回　造孽漁財

素姐聽了如卞言語，心中忐忑，急急差了薛三省的老婆到蓮華菴請白尼姑念經，一個假詞推託，一個再三堅邀，白姑子進到家門，正是掌燈時分。素姐雖然臥牀，疑心猶在，問起鶺鷹根由。白尼姑說：「鶺鷹進入房，急急抬靈床，不出卅日，就去見閻王。陰司陽世，大抵相同。陰司閻王，遇著陽世的忠臣孝子義夫烈婦，差金童玉女，旂旗華蓋，親自迎接貴賓。一般無善無惡的，無常去叫一聲，按時就道。遇上惡人，就差牛頭馬面拘

忐忑：心神不定。

牛頭馬面：地獄中的鬼卒。

拿，如是打爺罵娘的逆子，打翁罵婆的惡婦，欺君盜國的奸臣，凌虐丈夫的妻妾，忘恩背主的奴婢，倚官害民的衙役，陰司看這幾樣就像陽間的強盜一樣，就要差了神鷹，帶著本家親眷，佈下天羅地網，取得本宅宅神和土地切結書，轉奏年月日時功曹，拿到酆都，磑擣研磨，油煠鋸解，遍下十八層地獄，永世不得翻身。」嚇得素姐溺了一床。問起救援之法。白尼姑說：「這要觀世音的法力，把藥師王寶典，在閻王面前申救，那本人也要在菩薩面前發誓，痛改前非，絕不再犯才行。」素姐又問：「你剛說的那些罪惡，不知有沒有輕重，難道都一樣的？」白尼姑說：「這些罪都不是犯在一個人身上的，為人子的，重在那打罵爹娘；作媳婦的，著重那打翁罵婆；為人妻者重視凌虐丈夫，犯一件天條就不得了！」

素姐又訊及為何差遣神鷹，白姑子說：「那是為了要啄瞎了犯人的眼睛，好讓牛頭馬面套上枷鎖。犯者家中定有眼疼的。」

素姐經這數度驚嚇，方才實說了。苦苦央求白尼姑救命。白尼姑說：「這得請十個女僧，七晝夜誦藥師爺的寶經一萬卷，你自己心裡一些惡念不生，齋戒沐浴，不住聲晝夜七日念救苦救難觀世音菩薩，念一聲佛，磕一個頭，完了七晝夜功德，再請下觀音奶奶來，討個下落，閻王依不依，好再作打算。」白姑子盤算著要多刮些錢，一面聳其聽聞，一面誇大建醮的人、事、物、吃食，最後議定經錢八十兩，餘則另計。

素姐開箱取出他婆婆留下的銀子，一封五十兩，內有四錠發黑，原是狄希陳盜用充數的，素姐原以為是狄

建醮：和尚、道士給人家設壇念經祈禱，超度鬼魂叫「打醮」，建醮就是設壇。

婆子暗中放的，狄希陳在旁，嚇得牙齒怪響，尿溼了褲子，捱了巴掌，一腳踢個狗啃地，幸得白姑子相勸，少受苦。

一連七天，薛夫人和素姐等四位，早上去拈香，晚上辭佛回家，狄希陳晚間替素姐佛前拜懺，不回家去，眾姑子們每日掌燈時分，閉了庵門，輪流在佛堂上宣經，白姑子禪房裡備了酒食，姑子們輪流洞房花燭，周而復始，做了七日道場。肥了白尼姑，瘦了狄希陳。

第六十五回　兼報舊仇

自從神鷹下降，素姐在白尼姑庵裡建醮之後，待狄希陳好了十分之四，狄希陳也時時如臨深淵，如履薄冰。一天，狄希陳坐在房裡，素姐劈頭罵道：「我看你這個東西，說你是個人，不長心眼。說你不是個人，你又穿著人皮。像這幾天，我看在菩薩的面上，不跟你一般見識，誰知你嬌生慣養，不成個人樣兒了。這顧繡衣裳就該快馬加鞭的找來給我，我不說話，你就縮著腦袋王八，我管他什麼鵪鷹鳥鵲的，我還是拿出我的本事來吧！」

如臨深淵：戒慎恐懼的樣子。

心眼：即指心，或為心思之意。

狄希陳嚇得三魂去了六魄。

狄希陳那裡知道什麼顧綉，再三打聽，調羹說：「她從廟會之後才為此事鬧起，那裡可是病根。」狄希陳急忙忙到庵裡打聽，人稱老白的婦人應門，說是白尼姑到衙門裡告狀去了，原來白尼姑做素姐道場，裡外吞了一百多兩銀子，露出趾高氣揚的態度，鎮上一個小偷，拿出飛牆走壁的本事，用了迷魂香，席捲一空。

狄希陳跟老白閒談中，得知素姐跟智姐的一番對答，知道中了智姐之計，沒奈何也得去求張茂實。到了舖子裡剛巧張茂實不在，夥計李旺在看店。狄希陳要買顧綉，李旺說：「我們明水鎮上，誰肯花大把銀子買顧綉，當年揚尚書老爺也不過一件漂白布衫。倒是仇家出產的料子也差不多，女人知道甚麼顧家、仇家，祇要不是兩樣

摜：丟擲東西

捎起：拂掠。

擺在一起比較，不容易發覺的。」狄希陳要了兩套，心想抵擋一陣。

回到家恭恭謹謹的遞上，回說到處找遍才得這兩套，素姐用眼一瞟說：「你一雙眼珠子滴在地上，看不出好歹，你把好貨給了你前世的娘，故意拿這粗惡的東西來哄我！」拿起衣裳摜在狄希陳頭上，捎起窗栓，邊罵邊打：「什麼鷹神狗神，現在就拘了我去，我也要先出出我這口惡氣！」栓如雨下，狄希陳祇是站著挨打。狄周媳婦聽見聲勢兇猛，進屋來抱著素姐，才停了下來。罵道：「以後再也不要提那打醮的舊帳，過不出氣的日子，活一百年又如何？」

狄希陳淚眼汪汪進了張茂實店裡，不知李旺跟張茂實早有商議，一會推說要為弟弟下聘，李旺在旁幫腔。

說到是狄希陳嫂子要，立刻改口說：「狄大嫂要，不是外人，別說還有套整的，就是拙荊的，也該奉送。」立刻回家取來，狄希陳一看，果然不同，再三問價，張茂實說：「你說那裡話，這套衣服能值幾兩銀子，我就送不起！」李旺說：「送歸送，還是說了原價，也讓狄爺放心。」張茂實說：「這還有同窗的情份，一點小意思就收錢，算了，我也記不清了，兩套好似四十一二兩左右。」狄希陳再三致謝，捧著寶去覆命了。

第六十六回　賠酒捱打

狄希陳獻了顧綉，素姐看得中意，嚴厲中寓有溫旨，心裡喜個不住，把張茂實跟智姐夫妻，直當重生父母般感激，火速賣了十六石上好稻米，兌了二十二兩紋銀，親自送到張茂實的鋪裡。張茂實說：「你為人怎麼這般小氣，這多大點子東西，送套衣服給大嫂，那能收銀子，你就是要還，遲個十天半月何妨，急什麼？這銀子還多出五錢來，我收本銀就不該，還能收利息！」狄希陳說：「這衣裳自己也不會從南京走回來，五錢銀子算路費。」

李旺說：「親近的兄弟，那說這個，真要計算起來，二十一兩的本兒，加上兩個月，走了二千里路，少說也得加上八九兩銀子，這些該跟狄大哥說？」狄希陳說：「我就沒想到這些，隨後補上。」張茂實說：「別聽李旺的話，本錢我還不想收吶。」李旺說：「其實也真不用了，張大哥也不好收，倒是狄大哥府上的大米，折了銀兩，也顯得彼此都有情意。」狄希陳果然大斗兩石米送了來。張茂實夥同李旺，多賺了三四倍，背著狄希陳笑他笨蛋。心中竊喜，暗中決定還要作弄一番。

張茂實合李旺在白雲湖岸亭子裡，擺了酒席，請了美妓小嬌春陪酒，讓狄希陳跟她並肩坐了，飲酒作樂。素姐曉得他們都輕浮浪漫，差玉蘭去找，說找不著鑰匙，這狄希陳酒酣耳熱，許下好處，要玉蘭先回，自己捨不行令：行酒令，飲酒時的遊戲，以一人做令官，餘均聽他的號令。

拽著：拖著。

得走。要玉蘭回家不要露了口風，素姐的家法，玉蘭是從小身受的，那敢有半點隱瞞，回去之後，把猜拳行令，有妓在座，逐一描繪。素姐要玉蘭再去喚回狄希陳，否則撳桌子打人。

玉蘭再回到亭上，狄希陳嚇得急忙要走，發足飛奔，張茂實趕上拖住不放，狄希陳再三告饒，情急之下，取過割草小廝的鐮刀說：「我卸下這條胳膊給你。」一刀割下，割了一道深口，張茂實這才放手。回家已染成血人似的。玉蘭把情形說了，素姐腰裡拽著棒椎，往外飛跑。

張茂實得意之際，素姐到來，撳了桌子，一手扯住張茂實褲腰，如雨下的打，李旺回去請智姐來勸，智姐奪不下棒椎，拍那扯褲腰的手，也拍不開。智姐急了，把張茂實一條白紬單褲用力往下一頓，露出下體，這素姐才蒙著臉離了湖亭。素姐到家，只見狄希陳敷了刀創藥，胳膊腫得老粗罵道：「你這汙濃頭王八羔子，有本事養老婆，就不要怕，為什麼對著別人砍自家胳膊？這叫天地不容。」

狄希陳瘡口發的晝夜叫喚，總治不好，聽說府城外有個艾回子，差人請了來，說狄希陳房事沖壞了瘡，外頭不收口，衹往裡爛。要先上蝕藥，將腐肉去盡，才能生肌，總得四五日。那瘡一日痛過一日，只是願死，不願求生。

第六十七回　舉薦良醫

狄員外留艾回子不住，差了人跟他回去配藥，說好四天後再來醫治。誰知回去之後，把得來的四兩銀子先受用，也不配藥，跟去的人再三央求，他衹再三推託，要訛詐廿兩銀子才肯動身。跟去的人衹得回來稟報狄員外。狄員外正跟常功說話，心中焦急，溢於言表，後街上的陳少潭正好經過大門口，陳少潭問起，狄員外說了前因後果，陳少潭說：「想來狄哥與艾滿辣並不相知，他向來為人治病，先用毒藥把瘡治壞，他再跟人討價還價，一五一十的摳著要。蛇鑽的窟窿蛇知道，別人又治不好，祇得由他作踐。」

陳少潭還說，艾回子曾為歷城縣裴大爺治瘡，也用他的老法子，差點送了命，還算裴大爺開恩，饒他個不許再犯。他岳母長個癤子，他把起疼壞瘡的膏藥給了她，差點沒把老太婆疼死過去，挨了他老婆一頓好打。這艾回子真是個極下著的歪人。狄員外一聽更是作慌，急忙求教，陳少潭引介了南門外岳廟後的趙杏川。還是差常功帶著銀兩和信，如飛的去了。

艾滿辣料定狄家父子是莊戶人家，手上又有三兩買藥的銀子，算是把柄，不怕他們跑了。等了三天，不見人來心裡作慌。他老婆在耳朵邊上不停唧唧噥噥：「這麼體面的人家，不體面的賺他錢，小氣的按著葫蘆摳子

癤子：小瘡。

兒，既然叫人受了苦，就快去給人治。人爭一口氣，寧願餵狗也不餵狗。你是去不成了。要是狄家人來討回買藥的銀子，你可不能打我那絹片子的主意！縣上裴大爺正張著網等你，傳到他耳朵裡，你不死也脫層皮。」艾回子正在氣頭上，也嚷了起來，他老婆掄拳就打，伸腳就踢，張口就罵；砸了藥箱，別斷藥銼。做飯的鍋，打得粉碎，艾回子跪著求她。

兩夫妻正打架，常功請到了趙杏川，乘著大夫收拾藥料衣裝，前來討還銀兩，艾回子撒起賴來，常功扯著他衣領要到縣裡去稟裴大爺，艾回子嘴裡強著，身子直往後退，他老婆提了件羊皮襖子作了抵押。艾回子無可奈何，三兩銀子換了五兩銀子一件的皮襖，家裡打碎了夠五、六兩銀子的器皿，受了老婆夠一袋子氣，挨了常

銼：銼刀，有細齒的鋼刀。

功的數說，受那街上圍觀的說了多少不是。

常功帶著皮襖跟趙杏川回到明水鎮。趙杏川果然是正派的醫生，一眼看出是刀傷，也看出讓人使藥動了手腳。先攢了一帖煎藥，止了痛。另一服藥，洗了傷口，敷上藥粉，次日就有了起色，三日後，邊緣生出新肉，十日以外，漸漸平復。一個月完全康復。狄員外感激不盡，除了應有的銀兩，二人結為相知，遇麥送麥、遇米送米，連年不斷。

攢：湊合、聚。

第六十八回　為妻牽驢

且說明水鎮上有兩個道婆，老張、老侯。專門仗著東莊建廟、西莊鑄鐘，那裡鑄什麼菩薩全身，那裡啟什麼聖誕大醮，哄那些愚夫愚婦。無非是貪些布施，好填他們兩個的谿壑。靠這些養活他家的丈夫、兒女。

自從那年七月十五在三官廟認識素姐，認定她是容易上當的肉頭。祇是凜於狄老婆子的剛烈，不敢下手。又想等她回娘家的時候，讓她上當，不過薛教授是位道學先生，不得其門而入。有兩回闖進狄員外家，都跟狄

谿壑：以谿壑之心比喻無厭之欲。

軟釘子：不是正面的難堪，尚可以忍受的拒絕。

家當：家業，家財。

員外正面撞見，狄員外花錢消災，軟釘子打發了老張、老侯。

　　薛教授過世之後，以為有隙可乘，誰知薛夫人更難捉摸，有如旱地游水，不得其門而入。恰好薛夫人年邁過世，兩人前往弔孝。這素姐見了兩個道婆，親熱異常，留飯侍茶，無微不至。說起兩回遭狄員外攔住不得相晤，素姐說：「好賊老砍頭的，他怕我使了他的家當，格住你不叫見我。」兩個道婆要告辭，素姐苦苦相留。道婆說：「要沒有要緊事，我們也不肯走，這十五日會友們起身上泰山燒香，我們兩個是會首，諸事還未齊整。」素姐問山上景致，兩道婆說：「你看天下有兩個泰山嗎？這泰山奶奶掌管天下人的生死福祿，增福赦罪，好不靈驗。山上的景致：朝陽門、三天門、黃花嶼、捨身台、曬經石、無字碑、秦松、漢柏、金簡、玉書，全是神仙住的所在，凡人緣份淺的，到得了泰山嗎？」一席話，說得素姐心癢難熬，神情飛越。忙不迭的約好十兩銀子，好歹也帶她去。這是八月初十的時候。

素姐一心燒香，無心替母親奔喪，叫狄希陳去跟狄員外說。狄員外的意思，等秋收之後，叫狄希陳夫婦單獨去，免得男女混雜，何況那侯婆子、張婆子都不是什麼好人。狄希陳回了素姐的話，素姐聽說大怒：「我必定要去，要和老張、老侯去，這點事也作不了主，你快早依隨著我，是你便宜，你只休要後悔！」說完，再不跟狄希陳商量。

十三日一早，也不顧母喪，穿了顧綉，先行演練，事畢回來，對狄希陳說：「我十五日起身，我叫你戴了方巾、穿著道袍，路上替我牽著驢、上山替我掌著轎，你敢離我一步，我不立劈了你，我改了不姓薛！」狄希陳那裡還敢有半句言語，狄員外也無奈，父子合力收拾了行李、吃食。

十五日五更，起身梳洗，打扮得十分花梢，上了驢，常功替他牽驢，讓素姐兩鞭子抽開，要狄希陳牽著走。整條街兩邊的男女老少都擁出來看，一看素春姐的風流；二看狄希陳丟醜。狄希陳拿衣袖遮了臉，偏偏相于廷從莊上回來撞見，「狄大哥，拿了袖子吧，好看著路牽驢子走！」

花梢：妖豔，引人注目。

第六十九回　投師入教

狄希陳戴著巾，穿著長袍，在那眾多婦人之中替素姐控驢而行，富家子弟，嬌生慣養的兒郎，那裡走得路，走不到二十里，脫了道袍，夾在脅下，腳也起泡，伸著脖子朝前，兩條腿只管墮後，素姐反而把驢子打得飛跑。常功看狄希陳狼狽，代為求情，又挨了素姐兩鞭，狄希陳祇得仍然牽了驢子掙扎前行。

同行的一位劉姓婦人，見了不忍，問明原委，代為求情，才讓狄希陳騎著常功牽的驢子，狄希陳一口氣跑了二十七八里路，這下比八人抬的大轎還要受用。這天盡力走了一百里，在濟南府東關，周少岡的店內，老張、老侯、素姐和那劉姓婦人同炕。夜裡談的不外吃齋念佛，拜斗看經。侯婆子說：「俺這教裡，凡來入教的，先著上二十兩銀子，把這二十兩銀子支生利錢，修橋補路，養老濟貧，遇著三十諸天的生辰，八金剛四菩薩的聖誕，諸神巡察的日子，建醮念經，夜聚曉散，只是如此，再沒別的功課，又不忌葷酒，不忌房事，跟常人一樣。」素姐又問教主是誰，原來就是張婆子、侯婆子。素姐巴著要入教。

第二天一早，狄希陳早早伺候，素姐梳妝完畢，把老侯兩個讓到上面，素姐四雙八拜，叩了十六個響頭，拜了師，跟眾人敘了師兄師弟。素姐又要狄希陳跟著行

攙：扶。

禮，祇得叩了四個頭。這才坐了轎子趕路。一路上討錢的，強賣強買的，不一而足。

薛素姐養在深閨，嫁於富厚，起晚睡早，如今起了半夜，吃些生冷，山轎顛簸，一時眼花撩亂，惡心嘔吐。眾人說她不誠心，她一怒之下，索性下轎步行。狄希陳怎敢坐轎，緊緊跟隨扶掖，素姐原是狐狸托生，泰山原是熟路，走起來如履平地，把狄希陳走得氣喘如牛，祇是腿軟。終於走上山頂，燒香完畢，方才下山，素姐依舊由狄希陳攙了，步行下山，順道到蒿里山燒香。

這蒿里山，離泰安州有六、七里遠，也是個大廟，兩廊塑的是十殿閻羅，那十八層地獄的苦楚無所不有。凡是到此香客，或是打醮超渡，或是燒錢化紙。看廟的和尚道士，又巧於起發人財，置了籤，燒香的，見好就喜歡，見父母受罪就嚎啕。狄希陳的鐵，註明在五殿閻羅司裡：一個女人綁在樁上，一個使一把鐵鉤，鉤出舌頭就割，狄希陳一見，大哭起來。素姐說：「俺婆婆在世時，嘴頭子可不識時務，好枉口拔舌的說別人，該割！」狄希陳還哭，素姐說：「你只管嚎，閻王見你哭就不割舌頭，我要上路了，你等著你爹死了，再哭不遲！」狄希陳不敢哭了，跟著回明水。

第七十回　狠漢遭逐

「本舖打造一應器皿首飾，俱係足色紋銀，不摻分文低假，恐致後世子孫女娼男盜。四方君子，用銀換去等物，不分月日，如有毀壞者，執此帖赴舖對號無差，或另用新物照數兌換，止加工錢，如用銀，仍照原數奉銀，工錢不算。執帖為照。」以上是童七所開烏銀舖告示。狄希陳上京坐學監時，即係寄住他家。童七的父親童一品，是這烏銀舖的開山祖師。用了內宮太監陳公公的本錢。那烏銀焌黑，也看不出成色，都用精銅打造，

開山祖師：事物的最初創始者。

一本萬利。

有人按照告示前來兌換，照帖一一兌換無誤，好名傳聞，生意大盛。老陳公相信童一品，拿出一千兩銀子跟他合夥，生意越發興旺。

童一品怕人搶了生意，絕不收徒弟，祇把手藝傳給兒子童七，童七盡得真傳。到了十八歲，娶了錦衣衛駱有莪的妹子。這年秋天，童一品病逝，老陳公仍然與童七合夥，不料到了冬天，老陳公公也因病去了，烏銀舖的本錢一千兩分在大掌家小陳公名下。仍然按照長輩規矩，繼續經營，生意仍然興旺。童七賺了錢，穿的、住的，逐漸整齊，大家把他們抬起來，都叫童爺，童奶奶，久了，得意忘形，自己也不動手，請了工人做替手。僱的生人，連摻在銅裡的銀，也飽了私囊。盛極而衰，年

一本萬利：本錢少，利益大。

替手：替代去做。

終結帳，由扯平，賠本，一年不如一年，陳內官要收回本錢，不再合夥。

陳內官差了手下幾個吃閑飯的，到了烏銀鋪，叫童七交本算帳，童七那裡有現銀，拿了四五百兩成品，二三百兩退貨，還差二百八九十兩，餘額用客人賒帳搪塞。陳公叫童七找了保人，一個月後，歸還欠帳。童七到了期，果然湊兌完足，照數償還。都裝箱，收在陳公公住處。

九月十六是陳公公母親壽辰，陳公公新管了東廠，來拜壽的如山似海。陳公公為了答謝客人，差手下取出烏銀首飾器皿，作為賞賜。等取出一看，都長了銅綠，露了原形。陳公公大怒，差人拘了童七，押在班房裡，預備打斷他兩條腿。童七拿出一兩銀子，託小廝承恩跟老太太去說：「留下的首飾不真，我一五一十的賠上，老太太生日前後三個月不動刑，這才是老公的孝順，與老太太積福。」承恩叩了頭說了。老太太代為說情，暫時免打。到了第三天，陳公公問話，童七伶牙俐齒的賴帳。陳公公要人送他到廠裡，交給別人去審。消息傳到童七娘子耳朵。風也似的到陳公公家，磕頭謝罪，寧了找保人，賣產業，要賠公公，再三謝陳公公的恩。虧了童七娘子，才放了童七，限兩個月賠三百兩，再有抗拒，全追不饒。平白省了三百兩銀子。

第七十一回　逼死商人

童七娘子一番自責，一番感恩，正好搔著陳公的癢處。童七回到家中，兩口子商議，能免了那三百兩。童七娘子買了新上市的佛手，一斤橄欖。要兒子虎兒使圓盒端著，到了陳公公門口。先使了銀子與看門的，要見老夫人。見面先叩了頭，獻上佛手、橄欖。又取出一百兩銀子，說是怕擱在手頭上胡亂花了，有負陳公公恩德。

老太太一五一十的說給公公聽了。大大的誇了童七

佛手：佛手柑，熱帶水果，果實像手掌，香氣很濃。

娘子。陳公公說：「好呀！這童七就有個好媳婦兒，要是他不滿期限就還了我銀子，我還把那些假貨都還給他，叫他拿了去哄人。」果然不到一個月還清了銀子，陳公公果然也把那六百假貨還了童七。這童七娘子和陳老太太成了相知，童七也不時前去磕頭，獻小殷勤。

童七兩口子算計著重操舊業，便在前面外尋個鋪兒，賣那烏銀。仍擔心陳公公不悅，彷彿堵他嘴似的。花了三兩銀子買了隻會說話的八哥，仍由童家娘子去陳公公府上。見了陳老太太和公公說：「俺家祖輩久慣的營業，鋪兒是有了，一點傢伙沒有，還向公公乞恩，把那舊鋪子裡的臥櫃、豎櫃，板凳、賞借使用。不敢望多，有一百兩銀子接著手就好了。」陳公公說：「聽說你住的房屋，倒也精緻，賣了不也可以嗎？」童七娘子說：「這房子是老公公看顧我們，分給我們的，孩兒們守著，爺娘心裡喜歡，要是賣了，不辱沒人嗎？」一席話，又搔著癢處。借得櫥櫃和一百兩銀子，打著得勝鼓，奏凱而歸。兩口子歡天喜地，看就十一月十一日新開鋪面。誰知童七惡名在外，誰還敢來交易，開了好些日，不得發市，難免心焦，不大自在。硬著頭皮報了個「象房草豆商人」。這草豆商人，預先領出官銀，成千成百的放在家裡營運，賺的利銀就夠置辦草料。所以這草豆商人向來不稱苦累。

誰知，時運不濟的時候，凡事不由你計較。先是戶部裡沒了銀子，不能預支。按季代發，發出去的又不能如數補還。那象，房子似的大，他怎能忍餓，象奴按著日子，向管象草料的官支領，管草料的官，准了領狀，如數向商人要。真正大富人家，有錢墊發，賤買貴交。這童七兩口子，有如張天師著鬼迷，無法可施。家中首飾，簪環戒指，賠在那幾隻象的肚裡。漸漸吃了衣裳。吃了器皿，最末吃那房子。陳家逼著要本，象奴吵著要草料，誤了草料，挨管草料的官，打了好幾次。錢糧不曾領著，倒反賠墊了千把兩銀子。童七在主事宋平函家門口，兩腳登空，一魂不返。祇是他兒虎兒，女寄姐不知如何？

第七十二回　結夥拜廟

狄員外夫人亡後，停厝在家，並未出殯。狄員外在祖墳應葬的穴內，擇了吉日，起造新墳，每日自己到墳上，看一切匠人的操作。親戚朋友，都拿了盒酒，去陪伴他，又拿了酒肉，去犒勞夫匠，絡繹不絕，直到完工而後止。

墳已造完，眾親友又都出了賀禮，與他慶賀生墳完工，狄員外懇辭不住，在墳上搭棚擺酒，款待賓客。又擇一僻靜所在，另搭涼棚，安頓家中女人。處置廚子品

犒勞：以酒肉錢物賞給兵士。

餚。狄周媳婦、調羹，幾個丫頭，又請了相大妗子到棚裡照管。外面請了相棟宇、相于廷、崔近塘、薛如卞、薛如兼、薛再冬來作陪客。那日棚內，三十桌客人不止，真的忙極了。那天正好是三月初三，離明水鎮十里外，有個玉皇宮，每年舊例都有會場，也有醮事。素姐聽張、侯兩個道婆說起，如同黃狗搶燒餅似的去了。相大妗子到了棚裡問起外甥媳婦，調羹替她遮蓋過去了。但也瞞不了人，大家議論紛紛，派素姐的不是。

素姐跟著張、侯兩個道婆，惹出是非。其間牽涉一個程氏，這裡先做鋪排。

程氏，是賣棺材程思仁的女兒，大家叫他程大姐。她母親孫氏，頗具姿色，徐娘半老。身上做的是不明不白的勾當，口裡說的是那正大光明的言語，綽號熟鴨子。

程大姐漸漸長成，孫氏的勾當也瞞不了她，母親既然有所好，女兒或抽母親的頭，或吃獨食。祇因熟鴨子又臭又硬，鄰里間甚少理論。

程大姐自幼許給魏三封做媳婦。魏三封長到十九歲，出落得一表人材。十八歲時中了武舉第二名，軍門留在標下聽用。十九成婚，合巹之夕被三封看破，一陣拳腳，驚動了魏三封的母親，五更天氣，帶了陪嫁，送回家去。孫氏起先強嘴，魏三封在街上罵，惹來鄰里圍觀，祇看笑話，還是程大姐的父親程思仁出面，央請二位年高長者作證，寫下退婚書。彼此嫁娶，各不相干。從此不消顧忌，孫氏、程大姐各自爭妍，好不熱鬧。

鎮上一個叫周龍皋的，妻潘氏，甚醜亦不賢良，打殺了丫頭，被她附體自盡，周龍皋極思再娶。經媒婆撮

出落：顯現、表現。
軍門：舊時統兵官的總稱。
合巹：音ㄐㄧㄣˇ，交合。
強嘴：自知理屈，仍舊極力申辯。

合，未幾成婚。周龍皋年近五十，守著一個醜婦，久兼悍妬。見此絕色佳人，年紀不上二十，久諳風月，把個中年漢子弄得剩一個虛殼。剛剛兩年，得了傷害，調養好了八成，誰知程大姐不老成，周龍皋不能把持，翻了原病，程大姐不理不睬，兒子們又不知好歹，不知何時死去。這天廟會有程大姐在內，素姐跟了這夥人，能有什麼好事？

第七十三回　惡少撒野

程大姐原本折毒孩子，長子周九萬，助紂為虐，小兩哥、小星哥也不管事，程大姐四出招搖，逢人拜姊妹，到處認親鄰，醜聲四揚，不可盡敘。

三月三日的玉皇船會，真正人山人海，擁擠不堪，可也是男女混雜，不分良賤。但都是些游手好閒的光棍。每年這會，男子們撩鬥婦女，也有被婦女採打吃虧的，也有光棍勢眾，使婦女受辱，也真有不少打落牙齒肚裡吞的事。

招搖：虛張聲勢。

撩鬥：挑引。

玉皇廟前有一座通仙橋，是香客必經之路，一些年少光棍，成群打夥，或在橋頭，或在中段，眼裡看，手裡指，口裡評論，無所不至。人多勢大，誰敢說話。

這天有個劉超蔡，在軍門任職，帶領二三十個家丁，也到明水看會，立在橋上，但有過往的婦女，鬨的一聲，打個圈圍起來，一個說梳得好頭，有的說纏得好腳，有的說粉搽得太厚，嘴寬臀大，指摘個沒了。過往婆娘，敢怒不敢言。看來看去，恰好老張、老侯這兩個盜婆領了一大群婆客，手舞足蹈的從遠遠走來。內中正有素姐和程大姐在，嬝嬝娜娜，像白牡丹一般冉冉而來。眾人揣測素姐的來路，卻認得程大姐。素姐見那些光棍來勢洶洶，倒有幾分害怕，任他們口角春風。程大姐忘了自己身分，搭起架子罵：「那裡的撒野村囚，良家婦女燒

香客：到寺裡去燒香的人。

嬝嬝娜娜：柔順而細長。

口角春風：用美言讚揚吹噓，以成全別人。

香，你敢用言調戲！」眾人說：「世界反了，養漢的婆娘也敢罵人？」程大姐又罵：「撒野的奴才，你看誰是養漢婆娘？」眾人道：「好欺心的婆娘，敢如此大膽，打那奴才！」眾人蜂擁上來，一陣亂打，把衣衫剝得精光，頭髮拔去一半，幸虧有些婦人圍成圈子，你解衣裳，我解布裙，勉強的遮蓋了身體，又雇了人分頭回家報信。

狄員外和狄希陳正在墳上陪著客人吃酒，只見一個人慌慌張張跑到棚裡，大聲嚷嚷找狄相公，狄希陳也不覺變了顏色。那人說：「你是狄相公呀？相公娘子到了通仙橋上，被光棍們打了個臭死，把衣裳剝了個精光，裹腳和鞋都沒有了，快拿了衣裳和裹腳去接她！」狄希陳領著狄周娘子，尋了去，遞上衣物，素姐一把扯過去，左右胳膊上盡力一口，核桃大的一塊肉咬得半聯半落。

疼得狄希陳在地上打滾。

等到了家，狄員外見狄希陳捧著胳膊，知是素姐咬的，皇天爺娘的大哭說：「你惹下這等羞人的事，還敢把漢子咬成這樣！小陳子，你不休了他去，我就當死了！」素姐說：「要休就休，不要叫喚，快著寫休書，難一難不是人養的，我洗了手在家等著！」回娘家去了。

第七十四回　揑造經文

素姐回到娘家，她兄弟俱躲藏屋中，全無言語，薛教授生前的妾龍氏，拉著薛省三娘子，到狄員外家中理論，狄員外衹隔著窗戶說：「要說該休的罪過，說不盡，如今說到天明，天明說到天黑也說盡，從今日休了，也是遲的，只是看那去世的親家份上，動不得這事，剛才也是氣上來說說罷了。」龍氏想要撒潑，薛省三娘子拿腿轉回，龍氏衹得回去，跟素姐搬些口舌，素姐發些雌威罷了。那時，天已二鼓，各人收拾安歇。

次早，那張、侯兩個道婆，打聽得素姐在娘家，老鼠般的溜到龍氏房裡。素姐在床哼哼，商議著怎麼處置那些光棍。侯張兩個說：「像咱們這勢力的人，還沒法處？這頭放著兩個響叮噹的秀才兄弟，那頭放著狄相公這麼一門貢生，鉗上兩張呈子，治不出帶把兒的心來。」素姐說：「這頭咱兩兄弟都死了！」龍氏接口說：「姐姐讓人打成這樣，回到家來，兩兄弟沒探頭出來問問，背地恨說辱沒了他，這不是死了一般。」嚷嚷到了院子裡，找薛如卞說話。薛如卞說：「年小的女人不守閨門，每日上廟燒香，如今守道行文，禁得好不厲害，說凡是女人上廟，本夫和娘家一體連坐！」

素姐回得家去，要狄希陳去告狀，那狄希陳疼得發昏，延延挨挨的怕去，相于廷來也跟薛如卞說法一般，

不守閨門：閨門為內室的門，不守閨門即指不能安分居家。

盤纏：行路的費用。

素姐收拾了行李，拿了盤纏，自去告狀。臨行說：「我告狀回來，我叫十二個和尚、十二個道士，輪流替你和我兄弟唸倒頭經。超渡你三個亡魂，賊沒仁義的忘八羔子！」龍氏在家也強要薛三槐兩口子同行，到濟南府告狀。

太守看了狀子，問明了夫家、兄弟，早已有數。說：「你這小小年紀，不守閨門，跟了人串寺尋僧，本應奉守道行文，敲一百下，拿以丈夫問罪才是，姑念你丈夫是個監生，兩個兄弟是秀才，饒你回家去。以後再要出門，犯到我手裡，重處不饒，我還要行文到繡江縣，拿那兩個妖婦，拿那廟裡住持。」果然不久告示貼於鬧市，都以薛素姐為名，弄得薛、狄兩家無甚顏面。

素姐喝神斷鬼，全無好氣。不久，買了孝布，做了孝袍，到蓮華庵尋著白姑子，說是狄希陳和她兄弟心上生疔都死了。榜上寫著：「狄門薛氏荐拔亡夫狄希陳，亡弟薛如卞、薛如兼，俱因汗病疔瘡，相繼身死，早叫超生。」十二位尼姑念經的念經，吹打的吹打。薛素姐身穿重孝，手執魂幡，不止佛前參拜，且跟著姑子街上行香。

薛家兄弟和相于廷，還有幾位會友，望客回來看見，並不著惱。姑子們認得薛家兄弟，嚇得毛骨悚然。

魂幡：送葬用的旗幟。

第七十五回　辭親赴任

過了端午，瞬息八月，那年化成爺登基，就擇在八月幸學，狄希陳臨行之前，辭他媳婦。素姐說：「你若行到路上，撞見響馬強人，他要割你一萬刀，割得九百九十九上，你切不可掙扎；走到甚麼深溝大澗的所在，忙跑幾步，好失了腳，吊得下去，好跌得爛醬如泥，免得半死半活……這幾件，你務必做了一件，早超度了你，早投生。」狄希陳垂著眼睛聽著，等出來之後，狄周媳婦說：「沒事，祇管去，人叫人死，人不死；天叫人死，

響馬：結夥攔路搶劫的強盜。

人才死。」

狄希陳辭了父親，仍帶了狄周，新僱的廚子呂祥，小廝小選子，主僕四人，騎騾向京進發，平風靜浪，一直進了沙鍋門國子監路北童七的舊居，四下打聽，才知道烏銀鋪倒了，童七自盡，小虎哥做了戶部司官的長班，寄姐在家。很容易就找著了童奶奶，蝸居雖小，童奶奶堅持留宿，讓小虎哥另處暫住，長幼敘了舊。

狄周也在近處尋得李明宇的房子。

次日，狄希陳赴禮部投了文，見過祭酒，司業及六堂師長。八月初七，伺候聖駕，幸過了學，許侍班監生超選一級。狄希陳也赴吏部考官，投了卷子，那年明水發水，聽神靈說他是成都府經歷。想想秦檜、曹操在地獄受的苦自己都受過了，成都、明水好幾千里，正是脫

祭酒：國子監祭酒，是國子監的主管官。

司業：古代主管音樂的官。

六堂：清朝國子監的教室。

困時候。先前調羹的事，童奶奶管得甚是妥當，不免將真心吐露；另娶一房家小，竟往任所。

一日，狄希陳備了酒菜，把心意說了。童奶奶叫了尋調羹的周嫂兒、馬嫂兒四下揀選，串街道、走衚衕，好不艱難，不是父母不良，就是兄弟凶惡，或是女子本人不好。一去就是半日，狄希陳和寄姐坐在炕上看牌、下棋。

寄姐同狄希陳小時就熟稔，雖不是兩小無猜，卻有青梅竹馬之意。

過了兩日，媒人到狄希陳下處商議，狄希陳說：「我一來也揀人材，第二也要緣法，我自家倒有一門中意的，只怕你兩個沒本事說。」原是屬意寄姐。媒人兩頭架勢，說得童奶奶頑石點頭，童奶奶說：「光著屁股看大的娃娃，不必傳言送語，我自家合他說去。」童奶奶到了狄希陳下處說：「你在客邊又不人手，脫不了你兩口的日子，你兩口團圓了，費那些錢待怎麼？要是我常時的日子，我一分錢財也不要的，如今的日子不成話說了，如今年成又荒荒的，說不得硬話，可也不指望女兒賺錢，二十兩儘夠。」

狄希陳帶著小選子到東交米巷臨清店內，買了幾件定禮，差媒人送到童奶奶家。童奶奶也回了禮。

第七十六回　妻妾皆大

諸事齊備，看就十月十七日卯時迎新人過門。行禮如儀，凡事井井有條。

三日前狄希陳使了十二兩銀子，買了個丫頭，十二歲，生得唇紅齒白，眉清目秀。取名珍珠，交由寄姐使喚。以為無有不中意之理。誰知寄姐一進門來，看見珍珠，不知什麼緣故，如同見了仇人一般。就是珍珠見了寄姐，也是不敢上前，衹顧退後。倒是狄希陳和寄姐，如魚得水一般，如膠似漆。

誰知發生肘腋，調羹生了個孩子，素姐在窗外放炮仗，打狗拿雞，要嚇死那孩子，又說那孩子不是她公公骨血，狄員外受氣不起，勢甚危急。狄周由家回京，攜了大舅書信，狄希陳與丈母商議，辭別眾人，飛奔回去。

素姐說：「只說你在京裡做了孽，著立枷殺了，你不來家，不是我死拉活托攔著，邪神野鬼都要分一股家產，你知道你又得了兄弟，一年一個，十年不愁就有十個。你來了好，有人分我一點，我和你算帳。」呼呼的跑到狄員外房裡，端皮箱、抬大櫃，探著身子往床裡找鑰匙。狄員外怪喘，調羹怪哭。狄員外幾次有言語，那素姐在窗外不走。

一日，素姐茅廁解手，狄員外說：「調羹母子，你看我務要保全，馬棚後石槽底下，有你過活的東西。」

發生肘腋：發生摩擦。

素姐回來見狄希陳眼睛擦的紅紅的，找到外間，再三審問，打得不成人形，可憐狄員外一世好人，叫惡婦送了性命。排在十三日與狄婆子一同出殯。

喪事完畢，素姐立逼調羹改嫁，調羹堅持回京，素姐又要留下孩子，再三拚命，素姐任其帶走孩子。狄希陳將素姐曉得的莊田房屋，都自己留用，素姐不知道的，都交給相大舅照管。給狄周三百兩銀子，要他護送調羹和小翅膀到京，買屋和童奶奶共住。在素姐面前說，調羹嫁了人，小翅膀半路不見。打發之後，狄希陳按老父所說，摸出八十封銀子，每封五十兩，共是四千，假託未曾在吏部請假，擇日起程。素姐正好放肆，巴不得他遠去。

京裡果如其願，調羹母子，童奶奶娘女，小虎哥，狄周媳婦，小珍珠，都在一起居住。過了幾日開一家當舖。

二月十六是素姐生日，那群狐群狗黨，都來上壽，老張荐了一個弄猢猻的丐者。素姐把那猢猻打扮成狄希陳模樣，鎮日數落著擊打，朝鞭暮扑。那猴精將鐵鍊磨來磨去，漸次將斷。一日，又提了狄希陳的名字，一邊咒罵，一邊毒打，那猴精掙斷鐵鍊，跳上素姐肩頭，啃鼻子，摳眼睛，把臉孔撾得粉碎。素姐將息了三個多月，方才起身。

猢猻：猴。

撾：打。

第七十七回　虎落平陽

相于廷上京會試，也住在狄希陳家中，眾人相約，祇瞞哄素姐一人。這時調羹母子合童奶奶一夥居住，相家也在一屋，守著娘舅妗母，好不熱鬧。第二年，相于廷中了進士，授工部主事，狄希陳更有留京的理由。樂得山高皇帝遠，逍遙快活。

相于廷家一個家人相旺，從小支使長大，時往狄希陳下處走動，童奶奶寄姐調羹，狄希陳虎哥，都不把他當外人看待，遇酒留飲，逢飯讓吃，習以為常。相進士夫人請寄姐穿了一個珍珠頸墊，相大妗子也請調羹做了兩件小衣裳，差了相旺去取。時將晌午，調羹和小珍珠正在鍋邊烙青韭羊肉盒子，前後院噴鼻的香。饞得相旺直噝唾沫，五臟廟張著大嘴在等，心裡指望必定要留他吃這美味。誰料童奶奶將做完的物件包好，交付相旺。童奶奶說：「本該留你吃飯，只怕太太家等得緊，我改天留你。」相旺一肚子悶氣，沒情沒緒。在相大妗子前搬弄，大妗子衹是不聽。

巧的是正好差他回山東，相旺把心一橫，將狄希陳在京娶寄姐，源源本本，細陳其中曲折，素姐一聽，暴跳如雷，帶了弟弟小再冬就待啟程。薛如卞再三叮囑，進京後務須謹言慎行，對待素姐能瞞就瞞，得哄就哄，不要逼人太甚，生出事端，小再冬頂著愁帽上路。

狄希陳在京，夜間得夢，夢見素姐將狄希陳之屋以八百兩銀賣與劉舉人，當時拆毀翻蓋，馬欄大石槽下掘出一池元寶，化作刺蝟亂跑，儘後面跑出一頭狼來，望狄希陳撲咬。驚醒過來說與寄姐調羹，主張他回鄉掃墓。狄希陳擇日，辭了相大妗，帶了狄周、呂祥、小選子啟程。你行我住，你早我晚，素姐北上，狄希陳南下，途中曾不遇。

素姐沒了鼻子，又塌著個眼，進了順城門，敲開狄希陳住處的門，風塵黑瘦的，沒了昔日形象，誰也認不得她，任她發威罵人，調羹認得她說：「我嫁人一年多了，不是你家人，不受你的氣了！」童奶奶也說：「這寄姐是我兒媳婦兒，我兒子在錦衣衛裡辦事沒在家……」素姐沒對證，衹得去了。尋到當舖所在，衹見相棟宇坐在裡邊，問他要外甥，相棟宇將素姐接到宅裡，上下瞞得鐵桶也似，全不知狄希陳行藏。海闊京城，人山人海，門也不敢出，素姐就像猛虎落在陷阱裡，空口發威，不得動轉。

狄希陳回到明水家中，清灰冷火、塵土滿門，狄員外夫婦神主牌位全在字紙簍裡，尋著妹妹，痛哭一場。

素姐這天夜裡拿了條束腰，在相主事門上懸著，趕巧主事起身發現，方纔救下。

行藏：行止。

束腰：札腰的帶子。

第七十八回　計送瘟神

素姐讓相主事跟相大妗子救了，躺在床上，脖項生疼，胸膈脹悶，足足睡了一天。相主事娘子時時進去探望，相大妗子也不時看她。說：「你原是風流活動的人，把你關在衙舍裡，怎怪你害悶著急，萬一委屈成病，好意翻成惡意，也叫外甥抱怨。我與你小叔子商議，暫且送你回去，你可散心解悶。」素姐果然願意，替她整頓衣裳，收拾行李，僱了四名轎夫，買了兩人小轎，做了油布重圍，撥了一個家人倪七同小再冬護送。素姐臨別出門，相主事又差了一名長班陸好善，送到蘆溝橋上回話。

素姐在轎上說：「每日把我關閉在衙，好像瘸和尚說法，能說不能行，如今放我出門，由我自己主張。」素姐先要到調羹處，倪奇、陸好善祇得遵從，轉彎抹角到了，祇見重門深鎖，貼著錦衣衛封條。原是相大舅料事如神，先行布置，讓他們都到駱有莪家且避。

素姐又要上皇姑寺一遊，陸好善、倪奇再三懇請，說相主事責備下來擔待不起，又說皇姑寺是宮裡太后娘娘的香火院，若非皇親國戚大老爺家的宅眷，尋常人是輕易去不得的。那素姐那裡聽得進，拔下釵子來，就要尋短，賴說陸好善、倪奇欺心。陸好善再也無計，祇好抬著素姐住進自己家去。到了門首，陸好善的母親、媳婦歡天喜地，讓到後面，再把小再冬、倪奇讓過客位。

說法：佛家稱講道。

殺雞秤肉、做飯買酒，好不熱鬧。

往皇姑寺去，的確不在節令，無門可入，剛巧隔壁的銅匠支一驥，誤了活計，正和伊世行相打，這伊世行是陸好善的同窗，在定府當差，伺候徐奶奶。徐奶奶定了後天掛幡。陸好善說了自己苦處，約好在餅舖門前，由素姐混在丫環僕婦中，一償宿願。果然當天照計而行，隨了徐奶奶的隊伍登樓上閣，串殿遊廊，走東過西，至南抵北。素姐喜不自勝。素姐三人仍舊隨了隊伍，在分路所在，撇了眾人，回到陸家。陸家備了酒席，要與素姐送行，素姐卻說：「明日還要到高粱橋看看。」陸好善無計可施，祇好備妥次日遊玩所需。次日清早，相主事見三日尚未回話，又差了家人甯承古前來察問。好一頓嚇唬，陸好善花了二兩銀子央求擔待，又說通轎夫假

活計：生計，謀生的手段。

意行經高粱橋，再回山東，這才送走瘟神。回到相家，甯承古詐財，已挨了二十大板。陸好善花錢消災，又破費款待素姐，饒了。好歹素姐也作踐了一頓。過了幾日，狄希陳一行由河路回京，都到了相主事家內，方才知曉這相旺壞事。狄希陳兩次往來，都不曾遇著素姐這個兇神，倒像是時來運轉。

瘟神：比喻能夠造成災禍的惡人。

第七十九回　醋海生波

寄姐從小與狄希陳作伴，原是情投意合，結為夫婦之後，你恩我愛，也稱得上和好，不知為甚麼，見了小珍珠，就像有世仇一般，幸得並不十分打罵，至於穿衣吃飯絕不照管。寄姐為了這個丫頭，時刻不放鬆，開口就帶刺，只說狄希陳背後和她有帳。

北方天氣比起南方，加倍寒冷，十月天氣大小人口沒有不穿棉襖棉褲的，且多在煤爐熱坑的所在。惟獨小珍珠一人，連夾襖也沒有一領，半新半舊的布衫，始破未破的單褲，狄希陳看不過眼，跟童奶奶說，童奶奶讓寄姐尋點棉衣裳給小珍珠。寄姐說：「一家子說，祇多我穿著個襖，我要脫了，就百般沒話說了。」

寄姐進到房中，把一身冬裝脫了，提到狄希陳面前說：「這是我的，脫下來了，你給她穿去。」嚇得狄希陳面如土色，童奶奶說：「你與她棉衣在你，不與她棉衣也在你，誰管你了，就這般模樣。」寄姐說：「我沒為什麼，我實不害冷，家裡沒布沒棉，就有一時也做不出來。我要脫下來叫她穿上，凍著心上人，我穿著也不安。」狄希陳說：「你不要這麼刁罵，休說是咱們一個丫頭，就是不相干的，見他十月下裡穿著單衣，咱心裡也動個不忍的念頭。是我跟她有不明不白嗎？你開口就誣蔑人？」

刁罵：用狡詐的言詞罵人。

寄姐朝著小珍珠突的跪倒：「珍姐姐，珍姑娘，珍奶奶，珍太太，小寄姐不識高低，沒替珍太太做出棉衣棉褲，自家就先打扮上了，我的不是，珍太太、狄大爺，可憐饒了我，不要像數落賊似的罵我。你家放著個又標致，又明眉大眼，又高梁鼻相的正頭妻，這裡又有一個描不成畫不就的小娘子，狗攬三堆屎，你又找我是幹什麼？不如趁早休了我，我年輕還有人要，你守著那前世今世的娘可過！」

以往雖也口角，不若這回，自此以後，寄姐便也改了心性，滅了恩情。到了冬至，小珍珠仍舊單衣，害冷躲在廚房，狄希陳見了不忍，心中也實在疼愛。衹是「癩象喋瓜子，眼飽肚中飢。」三月十六相棟宇生日，狄希陳赴席，寄姐照小珍珠髮髻，衣著，背著月亮，坐在門檻上瞌睡，狄希陳散席，起身了才回，祇當是珍珠，悄悄的蹲將過去，臉對臉偎了一會兒，問說：「娘睡了不曾？」一邊將手伸進懷內摸索。寄姐咄的一聲跳起，劈頭就打，邊打邊罵，驚起全家，再三勸解，這才放了手。回到房裡，蒯脊梁，搯胸膛……諸般刑罰，漸漸的把寄姐性格，變成了素姐行藏。

誰知寄姐不久頭暈心惡，好睡懶行，狄希陳方纔好些，小珍珠也寄在童奶奶身邊，暫過平常日子。

第八十回　償命今生

寄姐害喜，足足十月。生下個白胖小子。滿月出屋，得知小珍珠在童奶奶身邊，不單跟狄希陳生氣，還跟小珍珠為仇，跟母親童奶奶絮叨。強行將小珍珠關了起來，有一搭沒一搭的給點吃食。

一天寄姐跟調羹閒談，調羹勸寄姐善待小珍珠，寄姐說：「這事也真古怪，我不知怎麼見了他，氣就來，像有幾世怨仇一般。聽見說給她衣服穿，給她飯吃，我就生氣，見她凍餓著，我才喜歡。幾次發了狠要打她，到了跟前，只是怕見動手。想來前世和她有甚麼仇怨。就像神差鬼使一般。每次過後，也覺追悔，一見她又有仇怨。」

說歸說，把小珍珠仍舊關著，這天童奶奶送吃食給她，怎麼也推不開門，跟調羹合力撞開門，小珍珠用自己的裹腳布把自己吊死。兩人慌作一團，寄姐衹是不睬罵道：「這吊殺丫頭也是常有的事，拿張席子捲上，叫個叫花子拉出去就得了。」

狄希陳有些心虛說道：「這麼大的人死了，光拿張席子捲了由我們家內抬出去，鄰居看了會說話了，萬一讓她父母知道了，將來不好收拾！乾脆拿幾錢銀子買個薄棺埋了。」

童奶奶也和調羹異口同聲說：「席子捲人實在不成

鬼使神差：比喻做事不由自主。

話，還是花二兩銀子買個棺材埋了心安。」
這件事狄周雖然極力隱瞞，但是怎麼瞞得住人？何況狄周買了棺材回來時正好被他們一個鄰居劉振白撞見，劉振白這個人綽號叫「鑽天」，意思就是任何事的細微曲折他一定給你打聽得一清二楚。一個家裡死了人抬出去怎麼能自圓其說呢？當然劉振白是不會放過這個機會的，他到狄希陳門外喚狄周出來，他說：「我有一件事要麻煩你去跟狄大爺說幫幫我，有幾張米票有十兩銀子很便宜就可以買到手，脫手就有五、六兩銀子利潤，希望狄大爺借十兩銀子讓我用幾天，賺的錢我和狄大爺平分。」
狄周進去將劉振白的來意對狄希陳說了，狄希陳正在心焦氣躁，一聽便不耐煩地說道：「我知道這人是誰，哼！問我借銀子，你去對他說，我們家還缺錢用呢！」童奶奶一聽覺得有問題便說：「別急著去打發人，這人的來意不善，這不是借錢，這是敲詐！你不給他，他就有話說了。」寄姐不理他這套，驕蠻地說：「誰怕他啊！我們一家都在朝裡當官供差，我才不怕他，你去回了他！」劉振白聽到這麼個答案冷笑一聲也就離開了狄家。

等小珍珠入殮那天，狄周才跟著棺材抬出大門，劉振白便上前攔阻大聲說道：「這棺材裡的人是兵馬司韓皂隸的女兒，現在人死了不通知她家裡，想偷抬去埋掉，將來她娘、老子告起狀來誰擔待?!」

狄周見事情不妙要給劉振白十兩銀子，劉振白說：「十兩不要了，現在要二十兩。」寄姐知道這事後怒不可遏，對著劉振白大罵，劉振白也不生氣，現在他要四

兵馬司：官署名，主管京師治安的機構。

皂隸：衙門裡的當差。

十兩了，否則他去替狄家請幾個錦衣衛真正承辦捉拿的校尉來。最後狄希陳是花了四十兩銀子封了劉振白的口。

但是韓蘆夫婦仍舊知道了這件事，動員了全部親友奔到狄希陳家討公道，那劉振白出來打圓場，說好給韓蘆夫婦十五兩銀子，親友有十兩的、一兩的，狄希陳早嚇破了膽，寄姐也收了風頭，都指望花錢消災。

過了三天，韓蘆卻帶了惠希仁、單完兩位差人上門拿人，狄希陳立刻請了劉振白來商議怎麼辦，劉振白和惠希仁、單完照了面、交了手之後，便用了緩兵之計：「我們在這兒有房有地跑不掉的，狄大爺交給我和老韓看守，跑了找我要，大家為公事忙了半天，肚子也餓了，狄大爺還不快準備飯菜，伺候兩位差爺討個歡喜。」兩位差人聽了話倒是鬆了原本架在劉振白脖子上的鎖。

第八十一回　代投訴狀

童奶奶在屋內見狄希陳在大廳和官差說話久不進屋，便叫小選子去請他，惠希仁不准，要狄奶奶出來換人才准進去，童奶奶聽了，隨機應變出到大廳去手指狄希陳說道：「這是我的女婿，不幸家裡病死了個丫頭，就說我們打死的，我們就不疼別人家的女兒，也心疼銀子。丫頭病了，請醫生買藥不知道花了多少錢。病死了沒地方去找她家裡的人，才埋了人，她家裡老子、親娘這才領了人來打人、搶東西，說好給他點錢賠償，他們拿了去倒又告上衙門去。」

韓蘆接口說：「你給了我多少錢？你要沒害死我女兒，你給我錢做什麼？」

童奶奶也不惱，慢慢說道：「別急著告狀，差人都來了，他們奉命行事，我們不能怠慢。」又笑著說：「兩位差爺用過飯，我還有個薄敬。」

童奶奶稱了二兩銀子封了兩封叫呂祥請了惠希仁外頭說話。惠希仁說：「童奶奶這樣待我們，我們還有什麼話說，你去對童奶奶說再給我們每人二十兩銀子，將來她姑娘見官差一切事情都由我們兩個管。」

第二天狄希陳帶了小選子走到南城察院門口，不一會兒，惠希仁、單完也來了，惠希仁說：「單老哥，你陪狄爺去寫狀子吧！」單完便偕狄希陳去找趙啞子，狄

薄敬：微薄的禮物，客套用詞。

希陳見趙啞子相貌不揚，心想：「這種樣子的人還能寫出什麼動人的狀來？」他拉了單完到門外，單完說：「這人是我從小同窗的兄弟，飽飽的一肚子才學，只是命不好！才在這裡寫狀，不會誤事的，人家說他，鋪紙慣能說謊，揮毫便是刁言。」

趙啞子鋪開了紙，不加思索，往上就寫，才寫完，察院響起三聲雲板，大門也打開了，惠希仁匆匆跑來問：「狀寫好了沒有？」單完回說：「剛寫好！就還沒讀一遍。」狄希陳便拿了狀和惠希仁、單完投狀去了。

刁言：故意為難人家的言語。

雲板：又為雲版，報時報事之器。版形鑄作雲狀。

第八十二回　失銀走妾

惠希仁、單完第二天領出狄希陳的訴狀拘票，訴狀上頭第一個要拿的人就是劉振白，其次是韓蘆、戴氏這一班人。

那知那劉振白不在家裡，卻在牢裡。劉振白的兒子劉敏打聽半天，才知道劉振白被差人關在牢裡，劉敏急忙找到牢裡去，見劉振白像隻猢猻一樣被鎖在一塊石頭邊。劉敏問：「為什麼被關在牢裡？」劉振白說：「昨天我見狄家有個小廝把差人支到外頭，心想後頭一定有

拘票：捉拿犯人的票。

小廝：供人使役的人。

戲看，果然我在半夜躲在狄家門外就跟單完、惠希仁撞個滿懷，他們老羞成怒就把我關到牢裡，你快回去弄點吃的，再弄點銀子給牢裡的看管，讓他們鬆鬆我。」

劉敏是劉振白元配所生，今年二十三歲，也是個不成材的東西，先是除了自己從不顧父母、妻子，後來又搭上了個歪婦，劉振白餓眼見了瓜皮，強佔了去這歪婦，活活將元配氣死。劉敏從牢裡出來心裡暗想道：「父親不仁將我親娘氣死，又不把我當兒子看，不如趁他人在牢裡我拿了他詐來的四十兩銀子跑到外縣市去。」

劉敏主意打定，回家後叫劉振白的妾，他的姨娘做了飯，再拿五錢銀子送到牢裡，他去寫狀救父親出來。姨娘不疑有他就去了。

等那婆娘回到家，只見鑰匙丟在門內，箱櫃翻了一地，四十兩銀子也不見了，婆娘慌張地再去牢裡對劉振白說，劉振白跳了足足有三尺高罵道：「臭婆娘！還不快將這畜牲找回來。」那婆娘衹好又回家，她邊走邊想：「這劉敏拿了銀子跑了，天下這麼大，去哪裡找他，如果找不到，等他老子出了牢，我也活不成了。」她一想再想，沒有別的辦法，走為上策。

惠希仁、單完拘全了拘票上要拿的人上察院應訊。寄姐被韓蘆單單告上一狀，在那幾天嘴雖然硬，也不免十分害怕，正好狄希陳有個表兄相主事和察院爺為同門修業，聽到狄希陳的事以後主動寫信給察院關說，察院因接了相主事的信，在開堂聽審時衹嚇了嚇童氏，並吩咐下去：「狄希陳、童氏無罪釋放，韓蘆、劉振白等將詐得的銀子追回交粥廠煮粥賑飢。」

察院：明代御史台為都察院，簡稱察院。又明清各省巡按御史駐節的官署，也叫察院。

關說：託人從中進言疏通。

這劉振白兒子拐銀子逃走，小老婆又跑了，家中再沒有別人救他出去，差人押他回家，見他家中衹剩下些破爛，全部賣了也不過四、五兩銀子，他那間房子倒還值五、六十兩銀子，便替他貼了紙條出賣。

第八十三回　降級外調

狄希陳結束了官司後，花了無數銀子受了無數惡氣，也就曉得這北京城不是容易住的地方，正好這時是上頭選官時節，他投了卷子考官過也算資深年久之人，按說頭一個便該選他，他又怕應了幼年那水神的話，選到四川成都府去，這一去七、八千里路，過長江下三峽好不嚇人，於是託了相知到吏部房去探問，知道這回有七、八個府官缺人，其中五個缺都是附近美缺，狄希陳內心大喜：「只要不往四川成都府去，其他都算好命。」

那天狄希陳去吏部報到應點，恰好駱校尉從湖南廣東一帶回來，知道一些湖、廣的人事動態，他說：「依在下愚見，狄姑夫不該去選這種官，你富家子弟出身，自在慣了，你做個府經歷，上頭要仰望知府、同知、通判、推官四位上司，你衹要一個合不來，就要受氣。我替你算計，你要捨得銀子，索性捐個中書做做，是個京官不說，又不用調到外地去，當起來也體面。」

駱校尉這一番話，說得狄希陳心花頓開，恨不得即刻就把中書名銜加到身上，便積極去進行，花了四千兩銀子才沒幾天便接到聖旨，授了個武英殿中書舍人。狄希陳接到旨令，上臚鴻寺報了名，明晨上朝謝恩。

這狄希陳平地上青天，內心大喜；寄姐一想自己是個七品京官的娘子；童奶奶想到自己是中書的丈母娘，

報到應點：即報到點名。

同知：舊官名，知府的輔佐。

推官：元、明於各府置推官，掌理刑獄，清初沿用。

中書：官署名，總管國家政事。

中書舍人：官名。是中書省的屬官，負責繕寫文告、命令等事務。

鴻臚寺：專掌朝會儀節。

大家都高興了。於是整了酒菜，一家人吃喝個痛快，紛紛酒醉不醒。到了五更，四個長班來請狄希陳上朝，四個人八隻手都敲腫了，小選子才從醉夢中掙扎了醒來開門，這下大家七手八腳伺候狄希陳穿衣梳洗，攙了狄希陳上了馬趕到長安街上，正趕到散朝。狄希陳說：「誤了進朝，明天補朝沒關係吧？」長班說：「你快找人寫本，上本認罪，要是你積了陰德罰個半年、幾月薪俸算運道好。」

當天臚鴻寺便已糾正過了；第二天在狄希陳本上批了懲處：姑著降一級調外任用。

狄希陳速與相主事商議，希望能補個好缺，這會兒正好河北有缺，相主事出面說妥了將狄希陳降補去，事到臨發佈命令，忽然鑽出一個勢力比狄希陳大，本事更

進朝：上朝面聖。

強的人將這個缺搶了去。又過了幾天，主持降補的官也沒和相主事商議，便推了狄希陳降補「成都府經歷」，聖旨也批了「是」。狄希陳聽到這麼個消息，未免懊惱，還是註定了是幼年那水神許定的官職，這下衹好斷了妄想，死心塌地打點往成都府上任。狄希陳不免要算計是不是帶童奶奶、調羹上任，又怕素姐堅持一道去，或者走水路，或者走陸路，家中的產業也要料理清楚，心裡一急更算計不通了，童奶奶給他出主意：「你急也沒用，不會走投無路的，天老爺既然鋪排了這條路，自然會送我們平安到達，你放寬了心，讓我替你算計，大概差不到那去。」但不知這女軍師如何算計？真的不差嗎？

第八十四回　暗受機宜

童奶奶對狄希陳說：「你一個男人家，如今做官了，家裡還湊得出四、五百兩銀子，再去向相太爺借五百兩，用這一千兩買些湖鏡、湖棉、繡袍，到了南京再買上好玉簪、玉結、軟翠花添搭在小禮物裡送人，叫那些官太太們高興，你再將當鋪裡本錢撥五百兩還給相太爺，等於相太爺入了夥，劉姐、狄管家不必跟你去了，好留著招呼鋪子，鋪子賺的錢夠我們在這兒用的了。你帶了寄姐去，最好找個門房、管家，花幾兩銀子買個廚子，將來可以配給呂祥兒做媳婦，再找個十二、三歲丫頭做房裡的事，薛奶奶我想不必去了，免得吵吵鬧鬧不好看。」

狄希陳一聽高興了，立刻叫童奶奶再開單子他來記，然後叫媒婆去找門房、廚子、使女。媒婆倒很快領了個兩口子，另外帶了個四、五歲的女兒；男的是山東臨清州人、名叫張樸茂；太太娘家姓羅，一張白胖的俊臉；女兒初三新月時生，叫勾姐，張樸茂因受不了後娘的氣，來京裡投親沒投著，他開了三兩銀子身價，寫了契約，狄希陳沒叫他改姓，就收做了家人。

第二天媒婆又領了個十二歲的丫頭來，扁扁一張大嘴，童奶奶一看嫌她醜，寄姐說俊的惹煩惱，最後五兩銀子講妥了身價。突然丫頭的老子來了，罵媒婆扯謊，他在外頭聽了些話，不把他孩子往火坑裡送，就把孩子

身價：娼妓婢妾的賣身錢。

帶走了。

到了次日下午，駱校尉著人來請過家去商議廚子的事，童奶奶去了後，駱校尉問買了廚子將來怎麼安排，童奶奶說：「算計配給呂祥兒。」駱校尉說：「我看呂祥兒不是個好東西，五短身材，兩隻眼賊溜溜的，眼底下一撮毛，現在說尋個丫頭給他做媳婦兒，他知不知道這事？」

童奶奶說：「沒跟他說過。」

駱校尉說：「那就好。狄姑夫到任所，再尋個兩夫婦做事也夠用了。」

雖然童奶奶沒跟呂祥兒說媳婦的事，窗外有耳，自然有人透露給他，呂祥兒對小選子、張樸茂發氣：「說要給我找媳婦兒又不找了，看我到任所去以後，不把天翻過來才怪。」話傳回童奶奶耳朵，童奶奶說：「舅爺說他不是好人，果真不是好人，真教人難以防備！」駱校尉說：「你們現在都隨他去吧？到時候我會叫他安份點。」

駱校尉又問起師爺請了沒有，得找得肚裡有墨水的，駱校尉舉薦了一位名叫周希震，字景楊的人，周景楊原本跟一個同鄉郭威做入幕之客，現在郭威正定了遠戍四川成都衛軍，周景楊仍要隨郭威去，郭威恐怕沒有修儀謝周景楊，兩人正在那主意不定時候，因此見駱校尉說要赴四川成都幫狄希陳立刻就答應了，唯一條件要答應讓他不時到郭威那邊住，並且或許狄希陳、郭威可以一同上任去。

駱校尉回去和狄希陳說了，也說明了要付給周景楊

師爺：舊稱官署中掌文書工作的人。

衛軍：軍隊的編制，負責保衛戍守。

束修八十兩，狄希陳嫌貴，駱校尉說：「你這話說到那兒去了！你去找相大爺商議商議，我現在沒工夫，下次再說吧！」說完就走了。

第八十五回　脫身赴任

狄希陳送了駱校尉回來，對童奶奶說：「這大舅真是手鬆，僱個主文代筆的人也給他八十兩束脩。」童奶奶一聽便說：「做文官的幕賓先生要替你主持多少事，我看你該擇個好日子下帖子辦兩桌酒席，當面再送五、六兩銀子當聘禮，臨行再送二十兩銀子好叫人收拾行李，你以後才有得力助手呢！」又催狄希陳到相主事家商議，相主事早聞周景楊事跡，要狄希陳照童奶奶話去做，自己還想會會此人。

駱有莪問狄希陳要了十兩銀子和呂祥同去張家灣找船上任，因郭總兵帶有兵士、兵器，船家希望帶些私貨叫兵士護船，因此船價不過意思意思，每條船要五兩銀子，狄希陳知道後便瞭解了周景楊為何安排郭大將軍同行，便即令擺了酒，備了全柬帖子請郭大將軍一家及周景楊，郭大將軍有兩房妻小，一位人稱權奶奶，一位姓戴，稱戴奶奶。在席間擇定八月十二日兩家一齊開船。

八月十二日駱校尉、童奶奶一起送到船上，駱校尉說：「上任文憑第一要緊，我一向沒見過文憑什麼樣子，姑夫，你取出來我們看看。」狄希陳將憑遞給駱校尉，駱校尉在桌下暗暗踢了下狄希陳要使鬼，狄希陳會了意，駱校尉讀了一遍憑書，當讀到「成都府推官狄希陳」，便問：「姑夫，你是經歷，怎麼又是推官，這不是錯了

文憑：用作憑信的文書，像古代官吏赴任新職，必定要領取文憑。

經歷：掌管財物出納的官吏。

嗎？」狄希陳故意一驚：「真錯了？怎麼辦？」

駱校尉要他們先開船，回家祭祖等幾天，他帶呂祥回京換憑再趕上，第二天一大早童奶奶和寄姐酒淚別船，駱校尉帶了呂祥回京，呂祥一切衣物都放在船上，駱校尉回去後將呂祥養在家中，自己去換憑。

狄希陳回到家鄉，一面收拾祭祖，一面收拾南下，口口聲聲要素姐同往，又說路上風光好，又說路上不過兩千里路走半個月便到；小選子在一旁吵著要做棉衣裳帶走，說要走八千里水、旱路，八月出發，年底還到不了，當然要做冬衣。素姐恨道：「虧了小選子說了出來，否則把我帶到那沒人烟地方去，不知安什麼心算計我呢！」當下把那八分去的主意翻轉過來，成了八分不去的主意。她既堅持不去，狄希陳如同遇到大赦一般，心裡便急著及早脫鈎，而且怕呂祥後頭趕來興風作浪，於是匆匆上任去了。就不知呂祥後頭趕回家鄉後，素姐又有什麼行動？

第八十六回　沿路趕船

駱校尉推拖了半個多月，料想狄希陳已經離了祖宅，才對呂祥說文憑已經換好，要呂祥回狄家祖宅。呂祥回到老宅見到素姐，知道狄希陳已經上路有十六天了，素姐拆了文憑封皮，那裡是什麼文憑，只是一張空白紙，呂祥氣道：「不必說這一定是他們設下圈套害我，我船上的行李怎麼也帶了走？」又自語道：「你在京裡另娶的事是怕我洩了出去才這樣斷我後路。」

素姐問：「什麼人另娶？」

呂祥說：「爺在京裡另娶了太太，另立了家業，和您不相干了！他們留下妳，是反將妳一計呢！」

素姐極急了說：「呂祥，你算計算計，他們去了有半個多月，我們還趕的上趕不上？」

呂祥說：「怎麼趕不上，我如果不趕去，怎麼拿我的行李，領我的工錢？」

素姐只帶了隨身衣服、幾兩銀子，備了兩隻騾和呂祥一人騎一隻走陸路奔到濟寧，知道狄希陳五天前已往淮安去了，他們趕到淮安打聽，又聽說五天前狄希陳過了淮安，素姐一聽興頭便減低了，又見那黃河一望無垠，浪頭像山一般高，便對呂祥說：「河水凶險，差了五、六日路程，看來是趕不上他們了，你去打聽那裡有河神廟，我要去燒紙許願，咒他們遭風遇浪翻了船！」

正好今天正有人還願，唱戲樂神，好不熱鬧，素姐便在神前拈了束香向河神詛咒狄希陳。眾人祭過後，便叫呂祥問廟裡的住持拿了櫈子看唱戲，那知正唱到包龍圖審問蟹精時，素姐突然像著了魔，只見她縱身一跳，跳上了戲臺，手裡握了根大棍子，口裡又唱又罵了個聲音稱自己是河神柳將軍，口裡數說的正是素姐平生過錯與惡毒，說素姐心計太毒，咒罵親夫，不能輕易饒恕。

呂祥見素姐被神靈拿倒，心想：「不如賣了兩隻騾子，拿了她的路費、衣物溜走，兩隻騾子至少也能賣個三十兩銀子，用四、五兩娶個老婆，剩的當本錢做個生意，豈不是人財兩得？」

素姐悠悠然退神醒來之後找不著呂祥，天又漸漸晚了，她只急要流落街頭，正好看戲的群眾中有一位好人

包龍圖：宋人，原名包拯，俗稱「包公」、「包青天」，鐵面無私的清官。

叫韋美的說道：「這附近有個尼姑庵，我送妳去那兒歇腳，再幫妳去找那逃拐的下人！」

第八十七回　江上風雲

狄希陳、郭總兵、周景楊一行順風順水不覺已到了南京，狄希陳便約了郭總兵、周景楊歇了船進城買購禮物，在南京停了兩天買齊了禮物便又開船起程。

寄姐將那買來的禮物如玉簪花、布匹在船上沒事做全裁成了衣服，玉花也裝了翠葉，自己穿戴起來，狄希陳忍不住說：「這些禮物要送上司的，現在沒了送上司的禮物，叫我怎麼辦？」

寄姐原本見狄希陳回老家祭祖一去十四天，心裡已惱怒不已，現在一聽狄希陳這話，順手就給了狄希陳一巴掌，拉了他就要一齊跳黃河，又要抱了孩子三人一齊跳，鬧了個不止不休。張樸茂的媳婦便要伊留雷划了小船，趕到郭總兵船上請了權奶奶、戴奶奶來勸寄姐。

郭總兵的管家卜向禮遠遠瞧見伊留雷划船趕上他們，卜向禮問他：「你急沖沖的做什麼？」伊留雷說：「我們夫人和爺生氣，要抱小相公拉著爺一齊往河裡跳，叫我過來請權奶奶、戴奶奶過去勸我們夫人呢！」卜向禮搖頭說：「我這兒也正想去請狄奶奶過來勸我們權奶奶、戴奶奶呢！」

原來郭總兵船上也在鬧成一團，原來權奶奶、戴奶奶正在那兒爭風吃醋呢！郭總兵知道了狄希陳在船上也不好過，便對伊留雷說：「我一個大將軍尚且扭不過女人，你爺是個書生，叫他早點服輸了算了。」周景楊也一旁說：「眼看就要到九江了，這樣吧！我做東辦桌酒席請三位夫人，給你們勸和勸和，你們分頭去請自己夫人。」

等船到了九江，權奶奶說：「我原本不想去的，又怕負了周相公美意，我就勉強自己去吧！」戴奶奶也說：「我也怕負了周相公美意才去的，否則八個金剛還抬不動我呢！」

等上了岸，權奶奶、戴奶奶、寄姐三人見了面說了會話又吃喝了酒菜，彼此怒氣也就慢慢消了下去，兩家人也就沿途還算平靜無事了。

第八十八回　廚子下毒

韋美到處找人打聽呂祥的下落，卻完全沒有消息，他便對素姐說：「你在尼姑庵住了將近兩個月，拐騾跑走的呂祥找也找不到，冬天快到了，妳家裡又沒人找來，我想準備了路費，派兩個女人送妳回去，不知道你怎麼想？」

素姐和呂祥趕狄希陳的船隻並沒和家裡任何人說過，明水老家裡大家議論紛紛的，這天素姐忽然回到家中，大家才知道事情經過，家裡的人倒好好招待陪素姐回來的宋一成與隋氏。素姐回到自己家裡，心裡踏實多了，內心一意恨不得把狄希陳抓到面前咬他一口洩恨。

再說呂祥那日撇下素姐後直接到了揚州城裡，找了家旅店住下，放出話去說要賣騾子，他連住了幾天，凡來看騾的都因他價錢開的離譜沒交易成。這一天，活該他倒楣，淮安府來了兩個文書公差，七問八問之下，呂祥的舌頭忽地便不合作起來，答個話也不爽利，差人道：「我們是淮安軍衙門的差役，捉拿你兩個多月，原來你在這兒！」腰裡拿出麻繩，當場將呂祥五花大綁綁起。揚州地方巡役這時也到了，揚州差人問：「你二位是那地方的差役？到這裡抓人有公文沒有？」淮安差役：「公文在這，就差抓了他到案。」

揚州差役將呂祥帶去江都縣見了捕官，夾打用刑一樣不少，畫供後判定三年牢役，發配高郵縣孟城驛，另外將呂祥左臂上刺了大大小小「竊盜」刺青。押解前先交付給驛官收管。誰想到呂祥這樣的壞人卻還不到死期，高郵縣孟城驛站舊驛官陞了揚州府倉官？新到的驛丞姓李，這李驛丞單身到任，沒帶妻小，祇跟了兩個下人；緊接要過年了，其中一個會做飯的病倒了，呂祥乘這個機會，毛遂自薦當廚子，倒也勤快了三天。

高郵州孟城驛的舊驛官姓陳，現在陞了高郵州大使，李驛丞與陳大使職位相當，於是李驛丞下帖請客，要呂祥用心做菜表現，這呂祥心存不善，記恨剛被捕到時曾被他打了三十大板，正想乘機報復，凡是陳驛丞的湯飯內都加了砒霜，所幸加的不多，陳驛丞吃著吃著發作起來，回家後請來名醫診斷，才知道中了砒霜的毒，病了

畫供：在口供書上簽名，表示承認罪狀。

發配：舊刑律，軍遣、流徙等罪，根據罪名的輕重決定流放的遠近，起解時稱發配。

刺青：舊刑制，在犯罪人的肌膚上刺字後染墨；有刺面、刺臂之分。

州大使：一州的事務官。

砒霜：三氧化二砷的俗稱，含有劇毒。

幾天好了以後，遞了狀子指名李驛丞謀害人命，州官差人拘來李驛丞，李驛丞指天畫地發毒咒，忽然想到：「犯人呂祥發配到驛，大使因他是個惡人，打過他三十大板，一定是他懷恨報仇。」州官差人將呂祥立刻捉拿到案，呂祥知道事情隱瞞不了了，嚇得面無人色，從頭到尾招了出來，州官命夾棍一百、重打四十大板，發監三年。呂祥關在牢內以為有人會送吃喝食物給他，那曉得禁不得幾天餓，一條命就此歸西。

第八十九回　謗夫造反

薛素姐從淮安吃了大虧回來，頭一個恨的便是狄希陳，日思夜想的全是怎麼報復狄希陳，心裡想：「講道義就發不了財，講慈悲就不能帶兵。」定了主意後便直接跑到繡江城找了一個很會寫狀子的訟師，偽告狄希陳冒充官員到四川成都調兵，圖謀造反。

縣官看了狀子後說：「他在京城住著，怎麼會到八、九千里外的四川去調兵造反？妳這狀告得一定另有名堂，不是實情。」說完派了差人拘了狄希陳的左鄰右舍、鄉長、保長升堂問審。

左鄰陳實、右鄰石鉅、鄉長杜其思、保長宮直齊口同聲說：「狄希陳的父親狄宗羽是鄉裡有名的好人，死了才三年，只有狄希陳這麼個兒子，從來沒聽說他與妖作怪，更沒聽過他會造反。」縣官大怒，打了素姐一百板後趕出衙門。

素姐被打得疼痛不堪，心有不甘先跑到左鄰陳實門外大罵，上至祖宗三代，下至兄弟兒孫全罵的狗血淋頭般，陳實的妻子趙氏個性柔和，見陳實被罵的有些不高興了，再三勸道：「這惡婦的聲名人盡皆知，你罵了回去，不是個樣子，別跟女人一般見識。」陳實聽了趙氏的話，緊閉了大門由素姐罵去。

素姐罵來罵去，陳實不出面，自己也無趣了，便又罵到右鄰石鉅門口，石鉅的太太可不好惹，聽見素姐的惡罵，抓了根棒子就要打出去，石鉅一把抱住太太不讓她出去，石鉅說：「妳那年生孩子難產，是狄大叔替妳找的藥，妳別跟她一般見識。」

素姐又罵到鄉長杜其思門口，盡撿難聽的罵，把個杜其思罵的頭皮發麻出來找她理論，素姐不由分說連打杜其思幾耳光，杜其思說：「妳不講理，我做鄉長也不講理嗎？我還長狄大哥幾歲，我算是他的兄長呢！」素姐那裡肯聽，又打了杜其思幾耳光，打得圍看的鄰居都看不過去了，素姐放了杜其思要找圍觀的人算帳，結果杜其思趁機溜了回家，素姐沒對象了，便又罵到保長宮直家門口。

宮直的老婆顧氏綽號叫蛇太君，長得高頭大馬，極有手力。顧姐聽素姐在門口罵，不慌不忙請素姐進屋去坐，攙著素姐的手使勁捏了幾下，疼的素姐在地上打滾，才知道了顧氏的功力，口裡討饒道：「宮嫂子，我知道妳的本事了，我回家了。」說完連滾帶爬，鞋掉了一隻也不顧，急忙躲回家去。顧姐提了素姐的鞋在後頭若無其事喊素姐：「狄大嫂，別急嘛！鞋子穿上再回去嘛！」素姐頭也不回，別說停下穿鞋子，樂得圍觀的左鄰右舍拍手大笑。

第九十回　羽化登仙

常言說的好：「年年防儉，夜夜防賊。」種田的人往往仗恃年度收成好便把糧食看成糞土一樣，等到荒年歉收，家家慌了手腳，吃樹皮、挖草根什麼都吃，北邊地區尤其有這層顧慮。

這年，武城縣的收成就遭到這種變故，四月二十日後，麥子長得有七、八分成熟了，這時卻下起了雨，一連下了七、八天才收住腳又重新開始下，將田裡的麥子全淹爛了，縣官怕將這情形往上呈報他就沒得便宜好佔，老百姓要繳稅真是弄得焦頭爛額，民不聊生，到處是餓病餓死的人。

晁梁見到這情形向晁老夫人說了，母子倆商量要替窮人繳糧稅，查了查米倉還有一千三百石存糧。於是晁梁第二天一早便往縣裡遞了呈摺。縣官看了呈摺又驚又喜，問晁梁多久時間可以完稅，晁梁表示二十天內可繳清，縣官說：「糧稅繳清了以後，本官必定往上呈報你的善行。」

晁梁回家稟告了晁老夫人，前後才十二天就將糧稅陸續交完，縣官選了一天到晁家掛匾致謝，那天是十月初一，正是晁老夫人壽辰，縣官親自掛上了「菩薩後身」門匾，又替晁梁掛了「孝義純儒」門匾。

武城縣官姓柯，原本不是個好人，見晁梁母子如此天年：自然的壽數。

誥命：朝廷頒佈的命令。

仁厚也有幾分感動，真的就把晁梁母子幾年來的善行往上報到京裡，京裡下旨下來授晁梁為文華殿中書舍人，晁老夫人封為三品夫人。晁梁又上了呈摺要往上呈，呈文內說明晁老夫人今年已一百零四歲，晁梁為遺腹子，母子朝夕相伴，母親如今年歲已高不便遠行，希望允許他不往京裡上任，以奉養母親天年。不久京裡下旨下來，許他養母終身後才赴京受職，晁老夫人的誥命則在十月初一趁晁老夫人壽旦那天頒下。

於是晁梁自己上呈要為母親建百歲遐齡牌坊，上頭也准了，縣官並且親自為牌坊上樑。上樑這天晁夫人十分高興，這天正是三月三日不暖不寒的天氣，賀客送走後，晁老夫人與晁梁夫婦，孫子晁冠敘了一會家常才回房就寢，睡下後，夢見月光皎潔，如同白晝，忽見一隊人馬飄旗吹樂引導著一位天神要晁夫人接詔，詔書上說道：「福府洞天主人必須積仁德之人，晁夫人鄭氏善行無數，特奉為嶧山山主。」天神並問晁夫人赴職之期，晁夫人說三月十五日辭世上任。

晁梁四十餘年都在晁夫人房裡睡，這時晁梁也從夢中驚醒，他做的夢和晁夫人一樣，晁夫人說：「我既然許諾三月十五日辭世，離現在不過十來天時間，你凡事可以先料理，免得臨時忙手忙腳。」晁梁夫婦聽了都哭了，晁夫人說：「我已經活了一百零五歲，福也享了，你們還哭，是想叫我做彭祖活八百歲嗎？」

轉眼已到了三月十四日，這些天親朋好友全來和晁夫人訣別，卻一點看不出晁夫人有何異樣。等到三月十五日晚上，星月交輝，風清氣爽，三更過後，東南上方

彭祖：古時候最長壽的人。

坐化：佛教中稱安坐而死為坐化。

果然一陣陣香氣襲來，仙樂揚起，晁夫人閉上眼，坐化而逝。

晁夫人行了一生好事，活的年齡和舜帝差不多，就不知晁梁將來有什麼發展。

第九十一回　受制妻妾

童寄姐當初在家裡時，童奶奶心性清楚，倒還管束一些童寄姐，現在離了家，沒人管束了，狄希陳稍有言語一點差錯，便被寄姐打罵一頓，狄希陳到任以後，和刑廳吳以義住隔壁，稍有動靜，彼此都聽得清清楚楚。

按說刑廳是上司，聽見狄家如此打罵聲那有你好日子過的，但是說來也是狄希陳的造化，這吳刑廳好色，家裡放了一個老婆，在京裡當官時另外又先後娶了兩個妾，一個叫荷葉，一個叫南瓜，鎮日打鬧不休，等授了四川成都府刑廳推官，回家祭祖迎大老婆赴任所，大奶奶當時知道了便沈下了臉，心裡不舒服，吳推官正在無可奈何時老丈人出面說了情，大奶奶才讓荷葉、南瓜進了門，也改了名，荷葉改名馬纓，南瓜改名孔槐，並且凡是馬纓、孔槐有一人犯了錯，必定三人同坐，打一起挨，罵也一起挨，弄得個刑廳衙門成了牢獄一般，人號鬼哭，好不悽慘。所以等狄希陳住到隔壁後，彼此聽來聽去，一個半斤，一個八兩，誰也就不得笑誰了。

有一天是十一月十五日，吳推官要陪太守到各廟燒香，夫婦梳洗完畢了，孔槐才起床，大奶奶氣得大罵：「太陽都升了老半天了，妳還蓬頭垢面成個什麼話。」罵完就要罰孔槐和馬纓連坐去天井裡跪，吳推官插了一嘴：「馬纓早起來了，不應該罰她。」大奶奶橫眉豎目說道：「我說過的，一人有罪，三人連坐，今天看你要陪太守去上香，沒罰到你，你倒替別人說起好話來。」便罰吳推官也一起去跪。太守派人來請了好多次，吳推官沒有大奶奶吩咐，是絕沒膽子起身，後來大奶奶鬆了話：「既然三個同事都在等你一個人，便宜了你，起來快去吧。」出了門，話傳了出去，免不得受了同僚一陣譏誚。

等上完了香，伺候好太守喝了茶，送走了太守，吳推官集合了四、五十名文武官員自我排遣：「讓我來一個個點名，個人但憑良心，不可自欺欺人，現在，怕太太的往東邊站，不怕太太的站到西邊。」點一個，一個便站到東邊，等點到狄希陳，狄希陳東也不是，西也不是，半天拿不定主意。

吳推官問：「你站東就東，站西就西，你這樣沒定位，是什麼道理？」狄希陳問：「您沒有說完全，那兼怕小老婆的站在那兒？」

等點完了名，站在西邊的祇有兩個人，一個人已八十七歲，二十二年前太太便去世了一直未娶，一個家在北邊，沒家眷到成都。

吳推官說：「剛才我被家裡留了一下就被三位同事取笑，現在知道大家都別撇清了吧！」

一個醫官替吳推官找台下，醫官說：「他們一個被太太打的鼻子都壞了，一個被打出了大門，一個還要找衙役幫忙討饒，怎麼還笑你呢？」

吳推官大樂說道：「看來我們大家都是同調門的人。」

後來有人要頂替醫官的缺，吳推官做了主，沒讓人奪去。

同調門：性情、脾味相同的人。

第九十二回　三尺神明

當年晁梁長到六歲要請老師啟蒙時，晁夫人請了個方正耿直的秀才陳六吉，陳六吉有一兒一女沒大沒小的，成日收拾父母，陳師娘倒是個賢達婦人。晁梁漸漸成年，秀才也教不起了，但是晁老夫人是個念舊的人，不時要人帶錢帶物品給陳師娘用，後來陳秀才過世後，陳師娘跟著兒子住，吃不好、穿不暖不說，僅有的幾兩銀子也叫兒子、孫子、媳婦硬搶了去。

有一年冬至，晁老夫人請人送了盒餛飩給陳師娘吃，

收拾：修理、懲處。

送去的下人回去說起陳師娘衣不蔽體的窘況，晁老夫人叫人拿了衣服去把陳師娘接過來住，陳師娘媳婦不准去，要搶下陳師娘換下的舊衣服，去接的下人不管她，將破夾襖夾著便接了陳師娘回晁家。

晁夫人命人收拾了一間屋子，窗明几淨的讓陳師娘住下，晁夫人說：「陳師娘，妳那兒孫媳婦的作為大家都看見了，我再接妳遲些，祇怕今年冬天都過不去，以後妳住的房間就是妳的家，我們兩姊妹也有個伴說話。」

不知不覺七年過去了，晁夫人棄世升天，晁梁出過殯後在墳邊蓋了三間草屋守孝，仍不敢怠慢陳師娘，命人好好服伺陳師娘，三年孝期滿了後，胡無翳特來燒紙，並將梁片雲臨終前的話告訴了晁梁，原來梁片雲為報晁夫人恩德，特別將自己靈魂轉投胎為晁梁，肉身存在通州香巖寺還沒埋，胡無翳說：「晁夫人現在天國，你若出家修行，同樣同在天堂，你們在天堂仍是母子。」一句話說得晁梁決意跟他去。

這時陳師娘年歲也高，已經八十一歲了，老病不起後也就去世了，晁梁將陳師娘厚葬後，將陳師娘平日穿的衣裳、用品要陳師娘兒子、媳婦、孫子、女兒拿了分去，結果四人爭成一團，都想獨拿了去，陳師娘的媳婦變了臉，要討回當年陳師娘的破襖，放刁撒潑，要晁梁賠了一千錢銀子才走。

陳師娘的孫子平日好賭，欠了別人錢，別人趕著要，這孫子知道母親有一千錢銀子，便算計去偷，又不知錢放在那裡，便披了狐皮壓在母親身上，弄鬼弄神的好偷錢，果然壓得他母親頭昏腦悶，想起床頭有一把剪刀，

修行：佛教叫出家為修行。

掙扎的摸了剪刀使盡力氣一戳，一手是血，等點燈一看，那是什麼皮狐，是她親生兒子。剪刀不偏不倚正插在喉嚨上，結果夫妻倆彼此埋怨了一番，祇好花了四百錢買了口薄棺，又要做喪事，把咋來的一千錢用得一毛不剩。

這真是——

萬事勸人休碌碌，舉頭三尺有神明，誰說天爺沒有眼能為人間報不平。

休碌碌：不要忙忙碌碌。

第九十三回　聖母顯靈

晁梁謝完了弔祭親友，自認為沒有內顧之憂，便打算啟程往通州香巖寺與胡無翳一起修行，並且安葬梁片雲的肉身，晁梁妻子姜氏勸他：「你做了半生孝子，沒有中舉揚名來張顯父母，反而將受於父母的身體髮膚捨棄了去做和尚，你忍心不顧父母墳墓自己走開？當然胡師傅這麼多年來對你都很關心，你是應該去謝謝人家，你不妨帶些錢僱條船去謝他連年來看望你的心，二來也將梁和尚的身軀埋葬了，你如果一定要入佛門，在家修行也可以，你可以在娘墳上建個小庵，我也在旁邊建個庵，我們一塊修行。」

晁梁說：「這話很有道理，我去謝了胡無翳，和他聚些日子，再將梁片雲法身安了葬，我再回來商量建庵的事。」

晁梁到寺第二天便到龕前看了看梁片雲肉身，誰知梁片雲死了五十年一些氣味沒有，自從晁梁看過後便從此發出臭氣，人人都明白梁片雲的意思是催晁梁快將他下土。下葬那天，拆開磚塔，只見梁片雲肉身肌膚鮮明，軀殼和軟，一點臭氣都沒了，晁梁親自和幾個人將屍體抬入棺內下了土，建了七層寶塔紀念他。晁梁又住了半個月，和胡無翳約定明年一月元宵節後到香巖寺替胡無翳主持香火，胡無翳要到浙江、福建一帶雲遊。說後胡

龕：供佛的櫃櫥叫「神龕」。

雲遊：比喻漫遊沒有定所（多指僧道言）。

無駢送晁梁回家，並且協助晁梁建庵。晁梁修行的庵名叫南無庵，晁梁夫人住的庵名信女庵。

再說晁夫人死後升為神仙，做了嶧山聖母，每年三月十五日她昇仙的日子男男女女往嶧山進香的不能計數，晁夫人仙逝第四年的三月十四一大早，進香的隊伍在行進時，只見鼓吹喧天，一列人馬來到，旗旛飛揚，燈火燭天，明亮如白日，轎子、馬匹後頭跟了個戴黃巾的年輕人，眾人問他：「剛才過去的是那位王妃郡主，陣容如此氣派？」黃巾年輕人說：「是嶧山聖母，念你們遠地來此，所以顯了一下身，要我傳信給你們。」說完便不知去向。

等眾進香男女到了晁夫人廟前拜祝一番過後，坐了船往回走，在船上有一個年約三十歲的男人被點了穴一般目瞪口呆的，不能動不能言語，原來此人見人多，專門拿剪刀割人衣服摸走銀子，其中有一人心生警惕檢查自己衣袋被一看被劃了個大洞銀包也不在了，眾人便搜了偷兒身上，搜出個銀包，正是衣服被劃了大洞人的銀包，這時偷兒才醒過來，偷兒說：「偷了銀子以後正在高興，突然被一個戴黃巾的年輕人拍了一下頭就昏迷了過去。」大家才知道是嶧山聖母顯靈保大家平安。

清明過後，因為前年冬天沒下雪，春天又缺雨，縣官在遠處請了個道士祈雨，道士每日要狗一隻、大蒜一碗、燒酒五斤，狗血取了往道壇四周潑撒，那酒和狗肉、大蒜配著喝得顛顛倒倒，越祈雨反而越是風沙狂捲，眾人便往晁夫人祠堂請雨，出了祠堂只見雷聲隱隱，不一會兒細雨不住的下了起來。道士向縣官索討賞賜，說雨是他求的，縣官也不願意認錯自己請錯了人，便賞了道士十兩銀子，銀子放在身上當夜便不知被誰偷走了，晁夫人祠前的石人突然張嘴說話：「嶧山神降的及時雨這道士倒敢貪冒天功，所以我叫人將他的錢偷了去。」晁夫人三次顯靈，果真是活著為人，死了為神。

第九十四回　萬里親征

常言說道：朝裡有人好做官。狄希陳既是相主事的親嫡表兄，吳推官看了相主事分上，對他十分照顧，不久成都縣知縣升調南京，吳推官做了主，委託狄希陳掌管縣印。縣印接到手後正逢上成都縣裡一名監生，監生先娶了吳氏，又納妾鄭氏，誰知監生身在福中不知福，城裡有一位金大小姐嫁給油商兒子滑如玉為妻，滑家被一夥強盜進院劫了財、殺了滑如玉與父親，剩下金氏與婆婆相依，滑婆婆要替媳婦招贅一個丈夫，權當自己兒

招贅：即招親，招男子到女家來結婚。

子，可以掌管祖產，監生財迷心竅，要入贅為金大姐丈夫。吳氏再三攔阻，誰知對牛彈琴，吳氏便說：「你依我也算了，否則我情願吊死，免得眼睜睜看你家破人亡。」監生那肯聽，入贅滑家後，一連五、六天沒回家，吳氏氣上心頭，便懸樑自殺而死，娘家當下即往成都縣告了狀子。

狄希陳看過狀子後，與周相公商議，周相公說：「這種人家裡有銀錢無數，現在做下這種勾當，我們把事件擴大了，保管可以教他拿出一大筆錢。」狄希陳一一聽從了周相公的意見，不准任何人來講情，監生原還不放在心上，後來見到數次託人去講情面全沒用，這才有些慌了，等到拘提了監生上庭，講來講去，狄希陳先推說犯罪重大，監生允諾暗送二千兩銀子給狄希陳才了結了案子，狄希陳縣印管久了，只當自己真做了知縣，官腔官調，真惹人厭惡。誰知正當他得意之時，薛素姐領了薛三省的兒子小濃袋，跟著侯、張兩個道婆由明水往峨嵋山、武當山，一路有伴到了成都，進了成都縣後，打聽到了狄希陳住處，僱了轎子便自行前去，素姐說：「我就是要他出其不意，我直接找去，叫他措手不及，才好跟他算帳。」

寄姐到成都後又給狄希陳生了個兒子，大家叫成哥，狄希陳這天正吃過了飯，抱著小成哥逗著玩，忽然衙門口速急傳來通報，報說：「山東濟南府繡江縣明水鎮有奶奶到。」狄希陳一聽家鄉有奶奶到，頓時兩眼一翻，口吐白沫，身子一倒，昏死了過去，素姐一進衙門便見到狄希陳不醒人事，愈發潑辣，丫頭僕人一個個嚇得面無人色。

第九十五回　持棍洩恨

狄希陳正半死不活，全家人都在著急時，素姐卻是一點不急，見到寄姐故意假裝不知是誰又問小成哥是誰的孩子，等醫官來醫，素姐仍在嚷罵不肯走開，醫官診視後說：「這是暴驚攻入了心臟，找個活豬心填了藥用薑湯送下就沒事了。」果然狄希陳服下藥後漸漸人便醒了，狄希陳問素姐：「前頭說要妳一同走，你堅持不來，怎麼現在自己一個人來了？」

薛素姐惡言惡罵，寄姐見她不是善類，未免生出幾分膽怯，倒是張樸茂的媳婦羅氏悄悄拉了寄姐到一旁說：「妳如果怕她，她就越軟越欺，妳別讓她，吵不過就打，我們會幫妳，妳告訴她如果她好好聽妳還有好日子過，否則將她關在柴房餓死了也沒人知道。」

寄姐聽了羅氏的話不等素姐開口便先聲奪人：「我當奶奶當了這麼些年，這女人是誰?!」素姐一聽便衝上去，兩人扭成一團，丫頭僕人都幫寄姐，大家把素姐按倒在地上讓寄姐用鞭子把素姐打得先還嘴硬，後來打得受不了了，才又叫姐姐又叫娘的討饒，也依了寄姐的條件，家由寄姐當，事由寄姐管，少不了素姐的吃喝就是。

不知不覺過去了二十天，素姐不鬧也就相安無事，這天侯張兩位師父由天池回到成都要進衙門與素姐相見，狄希陳過了幾天好日子膽子也大了，不僅不准侯、張二道婆進衙門，也不念她們一路陪著素姐到成都之情，卻官調官腔臉一沈：「我每人送他們五錢路費，叫人打發他們走。」說完便進了書房去睡。

素姐等狄希陳差不多睡了，取了鑰匙開了書房門再鎖上，拿了棒子就朝狄希陳打，雨點一般往狄希陳身上打，狄希陳大叫：「救人啊！」素姐說：「你好好挨打吧！如果你再鬼喊鬼叫我就打死你，頂多償命！今天非賭個你死我活出這口氣！」門房聽見狄希陳慘叫急忙跑去找寄姐，寄姐慌忙跑到書房，又叫人將書房門撬開，只見狄希陳氣如游絲，活活被打了六百四十棒，寄姐立即叫人到外頭找童便及一種叫「血竭」的藥治病。灌下童尿後，大約喝一杯熱茶時間，狄希陳才睜開了眼，開口便說：「打死我了，我如果死了，一定要叫她償命。」

撬開：用器具向上使勁把東西弄開來。

素姐說：「我有本事殺人還怕償命？你這些年來做惡多端，死有餘辜。人家兩個師父千里送我到成都，你連一餐飯也不留他們吃，每人丟五錢銀子就打發了走；我來了二十多天，你一步也沒踏進我的房間，你像個人嗎？」

寄姐也說：「說的對，要我也不饒你！」

狄希陳邊喊痛邊說：「後悔也遲了。」

死有餘辜：死去尚不能抵其罪過。

第九十六回　失爾復得

狄希陳省了人事後，只苦了渾身疼痛不能翻身，寄姐叫了一位隨從呂德遠照顧狄希陳吃藥，寄姐問狄希陳：「你每天說我厲害，你拿出公道良心，我這樣打過你嗎？」

寄姐正和狄希陳說著話，素姐惡狠狠跑進書房裡吼道：「你還不快叫人請侯、張兩位師傅，是還想挨我第二頓是不是？」狄希陳立即叫當差的人往江邊將兩位師傅請了回來，轎子抬到衙門口素姐迎了出去，侯張二位師傅要與狄希陳見個面問個好，寄姐說：「因為他沒請兩位師傅吃飯，我請他挨了頓棒子，這會兒他動不了，躺在床上呢！」

寄姐要人辦了桌酒菜款待兩位老鄉，素姐見她「老鄉」「老鄉」的喊，不太好聽，急急說：「這是我們家的師傅呢。」寄姐說：「我又不吃齋唸佛，那來的師傅！」一臉的不高興，坐了會就回房去。兩位師傅這才悄聲問素姐：「這就是妳的二房啊？我看也不是個好人，妳們合得來？」素姐吹牛：「剛開始她也以為自己了不起，後來叫我降伏了。」又問兩位師傅：「這回回去路費夠嗎？我叫狄希陳送你們每人二十兩銀子做路費。」說完就去找狄希陳要錢，狄希陳心痛錢，面有難色說道：「我做這麼個小官，一時那裡拿得出來四十兩銀子。」素姐眼睛一瞪：「你說沒有？四十兩銀子換得了換不了你的命？你說沒有？二位師傅先請吧！我還有事要辦！」狄希陳一聽，人都嚇癱了，忙說：「你們先請後頭坐坐，我努力去籌措！」素姐又說：「每人再加兩幅布做衣服！」狄希陳說：「是！是！」

素姐這才和兩位師傅先到處逛逛看看，素姐走後，呂德遠被狄希陳喚了進書房，呂德遠說：「我有辦法，老爺儘管叫人包四十兩銀子送走他們，小人帶領幾個人隨後跟上然後將銀子、布匹奪回來，替老爺洩洩恨！」

侯張兩位師傅拿了銀子、布以後便別了素姐趕路去，兩人走到離江邊一里處，從樹林中跑出七、八個人從兩位師傅腰間搜出銀子取走了布匹並恐嚇兩人：「饒你們一命，快過江離開這裡！」

這時，童寄姐正在家裡發脾氣亂罵：「妳既然不自重，以後不准叫她奶奶！誰降伏誰啊？」素姐聽了由屋內出來對寄姐說：「我說妳在生誰的氣呢！原來是生我的氣，咱姐妹相處大半個月了，妳還不知道我的為人嗎？一定是聽了誰傳小話，挑撥我們感情，我給妹妹賠禮就是了，妳不跟我一般見識，就笑笑吧。」寄姐見她那小人腔調，不由的笑了一聲，這事也就暫時過去了。

上燈以後，寄姐去看望狄希陳，狄希陳渾身越來越腫，兩人正說著話，呂德遠進來說有話稟告狄希陳，寄姐就避了回自己房去，心裡也不知侯張二位師傅是不是過江走了，也不知呂德遠要稟告什麼事。

傳小話：把不實在的事情或惡言攻擊對方的話傳出去。

第九十七回　惹火燒身

寄姐回房去後，呂德遠才由手裡包袱內拿出兩封二十兩銀子，狄希陳一見銀子大吃一驚：「怎麼要的回來？」呂德遠說：「我們扮了強盜搶了她的。」狄希陳說：「完了！她們那肯輕易放棄這些銀子，必定回到縣裡告狀，纏著我替她們追回銀子！她們要去告到薛奶奶那兒，我恐怕命都難保！」呂德遠說：「這些我都考慮了，所以叫人押了她們上了船，看她們過了岸才回來稟報老爺。」狄希陳仍不放心：「這事一定要保密。」

狄希陳足足養了二十多天傷才勉強下床銷了假，吳推官告訴他：「新縣官要來上任了，你家裡好歹能安靜些，讓新縣官聽見吵鬧不太好。」

新縣官姓李名為政，上任後，狄希陳不管官印了，氣燄也就沒那麼高了。素姐呢，在衙門府裡越住氣越悶，想了花樣逼狄希陳豎了個鞦韆架，整天和寄姐、丫頭們打鞦韆，我上你下，你下我上的好不快活，狄希陳再三央求：「隔壁就是吳推官家宅，你們千萬別盪得太高，超過了牆教那邊看見了不好。」寄姐也聽了狄希陳的話，不盪得過高，祇有素姐故意使力盪高一點，把吳家看得一清二楚，有時見到吳推官下了堂回到家也不迴避，還跟吳推官高聲笑談。

周景楊知道這事後對狄希陳說：「吳推官沒有心眼，

氣燄：形容人的氣勢有如火燄。

但終究是長官，盪了鞦韆彼此窺看實在不太雅。」

狄希陳把周景楊的話說給了寄姐聽，寄姐說道：「這話說得不無道理，我們也玩夠了，就把鞦韆拆掉吧？」素姐聽了也不敢朝寄姐發作，便對狄希陳說：「你去幫我說情，不許拆我的鞦韆，否則你別想活了。」

狄希陳還沒來得及說情，寄姐已經叫人三下二下拆了鞦韆架，狄希陳深恐素姐找他算帳，處處防她、躲她。暫時也躲了過去，那知道素姐不出這口氣是不罷休的，有天看見狄希陳一人進了寄姐房間，趕忙取了個熨斗燒熱了站在房間外，一等狄希陳出來便將熨斗塞進狄希陳衣領內，燒得狄希陳燙豬似的在地上打滾，周景楊聽見了也由外頭跑進來，大家七手八腳解開了狄希陳衣服才將熨斗取出，只見狄希陳脊梁燒得焦爛，高聲罵道：「天下那有這樣的惡婦！狄希陳你也太沒用了，這種蛇蝎心腸的人應當見了就殺！」素姐也回罵道：「用得著你管人家老婆！你管管自己吧！」趁周相公不提防潑了他一頭一臉的糞便。周相公算是見識了素姐的悍厲。

狄希陳養傷在家，廳裡祇得又請了假。太守新上任後奉命修城牆，原該狄希陳督導的事也沒人代管，太守心裡便不太高興，知覺他是被炭火燙傷，只得委派稅課大使監工，稅課大使不太管事，工程老是落後，太守每次去巡視心裡便不太高興，全遷怒到了狄希陳身上，又聽說燙傷是被老婆害的，便歎息道：「等狄希陳傷好了，要他振振丈夫氣概！他如果仍提不起來，我們將他的考核評語評壞一點，叫他回家閒了去！這考核評語就吳推官寫吧！」吳推官笑道：「我自己都提不起來，也怕老婆，我不好寫他的評語，還是太守自己寫吧！」

不知狄希陳脊梁什麼時候好，太守真會寫上狄希陳一筆嗎？

第九十八回　假意乞憐

狄希陳在家養火燙傷，足足養了四十多天，傷好後赴太守處銷假，太守問狄希陳：「脊背上的火傷都痊癒了嗎？你做男人的，怎麼讓女人燙成這樣？炮烙似的。」

狄希陳苦笑道：「那天沒有防備，才被她下了毒手。」太守說：「這麼狠毒的人守在你身邊那不是伴虎一般，你補一張呈子來，我判你和她婚了算了，遞解她回老家，幫你除了這害怎麼樣？」狄希陳稟道：「我怕日後官滿還鄉吃她不消。」太守說道：「一個男子漢怕老婆怕成這樣，你休了她，你們就形同路人還怕她什麼？快補呈子上來，不必太多慮。」又怕他變卦，便派了個文書跟他回去拿呈子。

狄希陳將太守的話悄悄說給了寄姐聽，寄姐說：「你休了她等於放虎歸山，將來見了面，沒有不傷人性命的，你自己拿定主義，和周相公商量商量，能做才做，不能做就別做。」

周相公的話說得也不多，他說：「為人斷離的事我是不肯做的，天下第一傷天害理的事就是幫人寫休書，嫂夫人如此兇悍不近人情，恐怕是前世的冤仇今世報，天意如此，你若違了天意，今生報不盡，來世還得從頭報起，倒不如這生還完了債，讓她報完了仇，下輩子就一乾二淨了。」

狄希陳和周相公在那兒理論天理呢，外頭倒叫小濃袋聽了去，免不了小濃袋要說給素姐聽，素姐聽了恨聲道：「黑心漢子，居然想休了我，我跟他拚命去！」小濃袋一把抓住她，急急說道：「太守要辦妳，妳燒了別人這是犯法的，太守辦妳，妳能抗得了嗎？我看妳去給姑爺認個錯，給周相公陪個罪，周相公沒記恨，還幫妳說話呢！妳若不去，我們被他們一趕，不死在路上才怪！」素姐被小濃袋拿話撥了個透心明白，心裡越害怕起來，便出到外頭去見狄希陳和周相公，素姐見了周相公，欠了欠身子說：「周相公，你前些日子不該罵我，我也不該潑你糞便，這些時日我已經後悔得什麼似的，我給周相公陪禮，你是好人，我有眼不識泰山。」又望了望狄希陳說道：「小陳哥，誰家兩口子不吵嘴啊？你就狠得

不識泰山：要人當前，然認不出來。

下心休我嗎？從今以後我再不打你了，如果我打你，你那時候再遞呈子不遲。」

狄希陳見了素姐便嚇成什麼似的，話都回不出來，還是周相公說：「向善修行就是好事，銷案這事全在我身上，但是，你既發了誓就不能心口不一，轉個臉就變卦。」素姐說：「我要是變卦，豬狗不如。」

太守上晚堂時，狄希陳便上堂回太守的話，狄希陳說：「薛氏嫁我的時候雙方父母俱在，如今她父母全死了，她也無所可歸了，我父母也都過世了，這門親事是先人說的，我們不好違背先人意，而且她也再三陪了罪，表示了悔意，要痛改前非，自己許諾如果不改過，任憑休棄。」太守道：「她既然悔過認罪，你又追念先人，這都是好事。」於是不再追呈，也要狄希陳回去。

狄希陳回去後和周相公說了太守的意思，自己又加油添醋說了：「太守問素姐家還有什麼人跟來，我說有個小濃袋，太守說如果素姐再不改過要人用麻袋裝了兩人一起丟到江中。」周相公曉得他說這些話是造出來嚇人的，也附會道：「這太守習慣把人丟到江中，據我所知，被他丟到江裡的足足有十四、五個人了。」小濃袋果然又在門外偷聽，聽見這段嚇得猛伸舌頭，就不知會不會又去告訴了素姐？素姐也不知會不會改過？

第九十九回　回家致仕

郭威郭總兵轉眼在成都已三年，日子一直很平靜，毫無調動職務的消息；這一天合該他時來運轉，四川邊界處有兩位土官知府原是兒女親家，因兒女夫婦不和，各家大人皆護短，兼之下人搬弄挑撥是非，彼此嫌疑日甚，動了干戈，忘了自己是朝廷任官。

另一位土官就將情況報到了撫按上司，撫院便派了梁佐參將，率了三千人馬去撫勦，這梁參將是行伍出身，毫無計謀，恃了蠻力，硬進兵撞了去，誰知那土官雖偏

撫按上司：省府的長官。

參將：武官名，地位次於副總兵。

行伍出身：軍人出身。

安僻遠地區，卻是上下一心，法令嚴整，兩位土官這會又合出一氣，趕了梁參將官兵到一個谷內困住，沒傷他一個人員。那谷裡四面峭壁，插翅難飛，幸喜谷中有山泉及果子，官兵還可苟延性命。

梁佐參將失利的消息傳到撫院，撫院太守嚇得魂不附體，正愁不知如何是好，旁邊一個下官稟道：「成都郭總兵在廣西時曾制伏過苗子，人稱小諸葛，老爺如果派他去救援，允諾他若是成功了可以上報恢復他原來官職。」撫院大喜，說道：「我倒忘了他，待我親自拜求。」

撫院再三求郭總兵出兵，郭總兵勉強答應了，撫院即日撥下官兵五千員，銀餉六萬兩交付郭總兵支用，郭總兵臨行問撫院：「郭某此行，是勦除，還是招撫？」撫院說：「到後見機行事。」郭總兵說：「如果他們沒殺梁參將，罪有可原，招撫即可，若是殺害了官兵，心已不臣服朝廷，必勦之！」

郭總兵上路後，走了一程，捉住了二十名土官的探子，他留下四名，放走十六名，且都賞了酒飯，要探子回去傳話要親自拜望。土官聽了探子回來所報後說道：「如果真是我知道的那個郭威，我倒是聞名已久，就不知見面如何。」

郭總兵直逼土官城下，將兵馬駐紮土官城四周，每人手持四盞燈籠，土官遠遠望去，像數萬人兵馬先就怕了。然後他一身便服往城內去，郭總兵見了城內鼓樂齊鳴，兩位土官親自迎接，參見禮畢，兩位土官再三辯說：「我們祇是退了他們，並不敢折損一兵一將。」郭總兵傳令下去，叫人馬退後二十里，用過飯後便到了谷口，

撫台大人：舊時對巡撫的尊稱，為一省的行政長官。

謝罪：認罪。

中府僉書：州府的幕僚。協助治理行政事務，總管文書。

放了梁佐官兵出了谷後，傳了挑釁的下人每人打二十五板，又叫兩位土官不許多帶人馬。三日內親到省城撫台大人謝罪。

這樣一個極難的題目，郭總兵只當了一個小小的題目破了，往返不過二十天。撫院上書保舉郭總兵，朝廷下旨起用郭總兵恢復原來官位，任用為中府僉書。

郭大將軍急忙收拾起行，周相公也隨他回京，狄希陳內心又替郭將軍高興，又發悶；正好這時他看見了他的考核評語有被妻薛氏毆打無能之語，即與周相公商量，周相公給出主意：「這考評已經壞了，不知我們結伴回京，省得丟下你在這裡，舉目無親。」狄希陳在成都一待四年，心想也無甚前途，便上了呈表明了因病回鄉之意，上頭也批了要他靜心調養，職位保留。

狄希陳攜了家眷隨郭總兵乘兩條船一路走，船到山東境內，狄希陳打算回家上墳掃墓，素姐原要同去，又怕下了船被設計留下，只得讓狄希陳自己回家，小濃袋也跟了返回父母身邊。狄希陳到了明水，家務事料理妥當，墳也上了，侯張兩位師傅又尋了見狄希陳要他貼補一半被搶走的錢財，狄希陳說：「你等你徒弟回來叫她補付吧！」說完便急忙忙趕船去。

第一〇〇回　尾聲

狄希陳由陸路趕路，直接趕到河西滸與郭總兵的座船會合。上船後將家裡情形說給了寄姐聽：「調羹母子已跟大妗子回到家裡，小翅膀起名希青，請了先生上學讀書，長成一個懂事學生了。」素姐也來問娘家的事，又說：「我兩個師傅路上遇盜，失了錢財，你該賠她們。」東問西問，議論帶罵，胡擾了夠。

船又走了七、八天到了張家灣，停住了船，郭總兵遣了人到會同館告知他人船已到；狄希陳也送信到京，叫人收拾房子，駱有義、狄周也出京來見面，駱校尉說：「廷上有旨下來，凡罷閒官吏，不許潛住京師，有犯的定發配充軍。」狄希陳聽了不由進退兩難，駱校尉獻計：「通州是河路碼頭，離京不遠，姑夫不妨在通州租所房子住下，再作打算不遲。」狄希陳便央請駱校尉進城尋了一所房子暫住通州。第二天童奶奶、狄周媳婦一干人都來相見，素姐見了別人還沒什麼惡劣面孔，一見狄周媳婦不由怒從心起，罵道：「渾帳東西，你沒死，我也沒死，咱們慢慢算帳吧！你們搗的鬼現在都敗露了，調羹那小賤人還躲我是不是？」童奶奶故意插嘴道：「這位不是那年住我家的那個沒鼻子的女人嗎？怎麼到了這裡來？」寄姐接話：「這位是你女婿的太太呢！姓薛，大我幾歲，我還得叫她姐姐呢！」素姐暗想好漢不吃眼前虧，也跟著寄姐稱童奶奶為姥姥，叫駱校尉媳婦是舅娘，打了兩天混戰，才打發了這批人走。

寄姐在通州住了幾天，想回京看看，狄希陳怕寄姐一走，沒有降服素姐的人，自己必會遭素姐毒手，正在那裡發愁，誰知神差鬼使素姐自己願意與寄姐一起回京，狄希陳那真是謝天謝地，幫忙雇了轎子送他們往京裡去。

送走寄姐、素姐後，狄希陳獨自在家，便信步出城走到香巖寺去看景致；胡無翳正回到香巖寺沒幾天，狄希陳與胡無翳偶然間遇見，兩人相視而笑，都說：「久別多時了。」恰好晁梁也在香巖寺，三人共坐，敘了敘舊，胡無翳對狄希陳說：「檀越一個月內，有殺身傷命之災，你要小心迴避。」狄希陳一聽再三求道：「我身邊是有一個冤家，確實時時刻刻算計謀害我，師父既能知道未發生的事，必能救我。」胡無翳掐算了一下說：「幸喜還有救星保護你，小僧與檀越前世有緣，有難之日，小僧自然會前去相救，不會誤了檀越的性命。」狄希陳、胡無翳、晁梁三人作別分手。

胡無翳對晁梁說：「沒想到隔了一世，相別多年，又在此舊地相遇。」晁梁心性徹透，知道狄希陳前世是他的長兄晁源托生，便問胡無翳：「他目前有殺身之禍，究竟是那世的冤仇，這樣厲害？」胡無翳說：「這是他前世叫晁源的時候在獵場上射死了個狐仙，又將牠的皮剝掉，所以這狐仙誓必報仇，轉世今生，如今狐仙也托生成為他的正室薛氏，就為了方便報復，這次必須靠我搭救，方可逃生，不然就難逃性命。」晁梁又問：「照說他前生如此殘戾，怎麼今世還能輪迴為人？而且又托生為男子？又做了官，這個報應是依據什麼因果？」胡無翳定了下神才說：「他三世前是個十分賢慧善良的女子，所以轉世為男子，福祿雙全，並享高壽。不料他迷掉了前生的真性情，不聽父母教誨，忘恩負義。無所不為，所以減了他的福祿，折了他的壽，幸而今生受了冤家制縛，不致喪盡良心，轉世還可做人，不然就要成為畜牲了。」

再說素姐隨了寄姐進京回到家宅，素姐一見便問：「這不是我那年來時的地方嗎？怎麼不見調羹去向呢？」童奶奶支吾過去就算了。素姐倒也沒追究，甜言蜜語說得童奶奶一夥人窩心極了，大家都說素姐其實不壞，祇是被逼急了才作惡，一夥人遊山玩水，玩了個心滿意足，住了二十五天才一起回到通州。狄希陳見到素姐，心想

制縛：用力量使人屈服。

暗忖：暗自思量。

胡無翳指定的災難日期是一個月，現在已過二十五天，災難就在眼前，所以加倍小心，誰想到素姐也故意裝作深情厚愛的外表，一些沒有露出不平衡的心態，狄希陳也就鬆懈了下來，心中還暗忖胡無翳說的不靈。

就這樣又過了三天，狄希陳上了廁所出來，一邊繫衣帶一邊走，沒有防備到素姐由廁所邊的屋內朝狄希陳射了一箭過來，只聽見狄希陳噯喲一聲，往前一倒，說不出話來，素姐笑道：「這次斷無可活的道理，這才報了我的冤仇。」家中大人全慌了手腳，想拔掉箭幹，又怕箭眼血流不止。就在這時胡無翳和晁梁到了，胡無翳由袖中取出一塊藥，一手拔箭，一手將藥塞進箭眼，沒流一滴血，又再沖了一碗藥要狄希陳喝下，稍止了疼痛。素姐知道狄希陳被胡無翳救了過來，在屋裡大罵，胡無翳以指頭沾了水，在桌上畫了隻青肚蝎子，用指一彈，只聽見素姐在屋裡打滾叫喊，見到人形容只見一隻蝎子照她嘴皮使勁螫，她喊痛都來不及，哪兒還會罵人？

胡無翳將狄希陳接到香巖寺養病，箭傷百日之內最忌諱勞碌生氣，如果動了氣就沒得救了。

狄希陳病況一天比一天好，經常和胡無翳、晁梁聊天，並說：「這一次幸虧師傅救了性命，再來一次，恐怕難以逃命。」胡無翳說：「這是你前生種下的深仇，她今生才做你妻子，好叫你無處可逃，如果要解冤釋恨，除非倚仗佛法，才可消弭災罪。」又說：「你要從今後戒掉殺生吃長齋，在菩薩面前許下終生誓願，再虔誠唸誦一萬遍金剛寶經。」狄希陳嘗過了艱難險阻，因此發了狠淨了身體、吃了長齋，每日早晚虔誦金剛般若波羅蜜經。誦經久了，狄希陳心安而神色平順，素姐卻心慌眼跳，精神恍惚，胃口全無，等到狄希陳誦經完畢，素姐已經臥床不起。

這天胡無翳為狄希陳要在菩薩面前發誓願設了道場作法，狄希陳跪在佛前，俯伏地上，狄希陳似夢非夢自己到了一個殿，一位穿綠袍的判官宣判他的罪惡，不外將狐仙射死，剝了皮，棄掉了骸骨，所以與狐仙轉世配成夫妻讓狐仙報仇。這時薛氏被帶到，骨瘦如柴，奄奄一息，薛氏說：「原本他殺我應當被罰轉世為狐，我為獵人，查了生死簿，說他善報未了，所以叫他轉生為男，我為女，我們結成夫妻有六十年的折磨。」又見寄姐被押到，說是他前世妻子計氏，他寵妾棄妻，逼了計氏吊死，所以今生轉為他的妾，以便有冤照還。又見小珍珠

生死簿：傳說人生死有命，均載於簿冊上，由地獄的閻王所掌管。

也被押到，一查原來小珍珠即是狄希陳前世寵愛的妾——小珍哥，所以今世做他的丫頭來報償；又有許多被狄希陳前世殺害的人都來討命，閻王一一發放，說：「薛氏應去該去的地方投生，不許再在人間逗留。」發放童氏：「前世他對妳先愛後殺，既已有人償了你的命，冤恨已消，以後和睦持家，不要再吵鬧。」發放小珍珠：「你前世以妾欺妻，他今生以主虐婢，你們也就扯平了。」發落完畢，狄希陳猛然醒轉，將夢中之事對胡無翳說了詳細。

素姐從此病得一日重過一日，胡無翳對狄希陳說：「你前世名叫晁源，這位晁梁，是你同父異母之弟。」又說：「你可以回去了，今生再不作惡，就可平安到死，你回去好好計畫以後的日子。」

素姐此時只有絲縷生氣，狄希陳想想不能進京，住在通州又無事可做，索性回去本鄉整理舊業，素姐聽了自然十分高興，於是狄希陳雇了大船，由河路回到了家鄉，薛素姐回家沒幾日便過世了。狄希陳以禮安葬，扶正了寄姐，接了調羹一起住。原本和素姐還有三十年的折磨，幸得他前世為善，加上心向虔誠誦經，才使得折磨減半。

狄希陳一直活到八十七歲方以善終。

中國古典名著少年版④

醒世姻緣

1990年2月初版
2002年2月初版第三刷
2019年11月二版

Printed in Taiwan.

定價：新臺幣310元

原著者	西周生
改寫者	蘇偉貞
插畫者	吳璧人
叢書主編	黃惠鈴
編輯主任	陳逸華

出版者	聯經出版事業股份有限公司
地址	新北市汐止區大同路一段369號1樓
編輯部地址	新北市汐止區大同路一段369號1樓
叢書主編電話	(02)86925588轉5312
台北聯經書房	台北市新生南路三段94號
電話	(02)23620308
台中分公司	台中市北區崇德路一段198號
暨門市電話	(04)22312023
台中電子信箱	e-mail：linking2@ms42.hinet.net
郵政劃撥帳戶第	0100559-3號
郵撥電話	(02)23620308
印刷者	世和印製企業有限公司
總經銷	聯合發行股份有限公司
發行所	新北市新店區寶橋路235巷6弄6號2F
電話	(02)29178022

總編輯	胡金倫
總經理	陳芝宇
社長	羅國俊
發行人	林載爵

行政院新聞局出版事業登記證局版臺業字第0130號

本書如有缺頁，破損，倒裝請寄回台北聯經書房更換。 ISBN 978-957-08-5410-7 (平裝)
聯經網址 http://www.linkingbooks.com.tw
電子信箱 e-mail:linking@udngroup.com

國家圖書館出版品預行編目資料

醒世姻緣 / 西周生原著；蘇偉貞改寫 .
二版 . 新北市 . 聯經 . 2019.10
430面 . 14.8×21公分 .（中國古典名著少年版；4）
ISBN 957-08-5410-7（平裝）
[2019年11月二版]

857.44 108016936